こっち向いて、神様

おんぼろ社の大豪邸

夏野夜子

一二三文庫

目次

子供の頃からずっと、神様はいないと思っていた。

今まで一度も見たことがないし、奇跡を目にしたこともなかったから。

お母さんは、「祈る前に自分でなんとかしてみなさい」と言っていた。

実際にお母さんはそうしていたし、私もそうした。大体のことは頑張ればなんとかなることも多かったし、できることをできるだけやったら、なんとかならなくても諦めがつく気がする。

神様も、オバケも見たことがない。だからいないと思っていた。


神様にお願いをし始めたのは、お母さんが倒れたから。

どうか助かりますようにと祈ったのに、願いは叶わなかった。

だからやっぱり、神様なんていないんだろうなと思った。


ずっとそう思っていた。

高校二年の夏休みが始まって最初の水曜日。その日までは。

おんぼろ社の大豪邸

雨の日は走りにくい。蒸し暑い空気が肺の中で重く、体にまとわりついているように感じる。いつもはうるさい蝉の声が聞こえないのは雨のせいか、それとも自分が走っている音が大きいからだろうか。

叩きつけるような大雨で白く視界を塞がれてしまうのは、今日に限ってはありがたかった。私の姿も見えにくくなるだろうから。

「瑠璃《るり》！　待ちなさい‼」

追ってくる姿が雨にぼやけるのを確認してから曲がり角を曲がる。住宅の間に薄暗い森が見えた。とても小さいものだけれど、全体的に黒っぽい緑色で鬱蒼と茂っているので林というより森っぽい。

普通に暮らしていると見逃しそうなくらい目立たないのに、目を留めてみるとなんとなく近寄りがたい。車が一台通れるくらいの細い道を通って近付くと、ふるぼけた木の鳥居のおかげでどうにか神社だとわかる場所だった。

後ろからまた名前を叫ぶ声が聞こえて、私はそこへと飛び込んだ。

今まで、そこが見つかったことはなかった。

今日もそうなりますようにと祈りながら走る。

鳥居を隠すように低い木がトンネルのようになっている中を進むと、森の中にぽっかりと空間がある。中央には小さなお社《やしろ》とお賽銭箱が置いてあるけれど、どちらも物凄くおんぼろだった。

その屋根には落ち葉が降り積もり、小さい木の縁側は崩れかけている。お賽銭箱もお金を入れる部分の細長い木が崩れ落ちていて、中に手を突っ込めるほどだけど、手を入れたとしてもお賽銭より木屑のほうが多そうだ。かろうじて格子戸は崩壊を免れているけれど、カーテンのように垂れ下がっている布はボロボロだった。

何か恐ろしいものが出そうというより、次の台風で崩れそうな怖さであまり近寄りたくない雰囲気だけど、ここ最近の私は常連になっていた。

「瑠璃！　返事をしなさい！」

慌ててお社に駆け寄って、音が大きく響かないように小さく手を叩く。

叶うなんて信じていない。だけど私には他に何もなかった。


神様、どうか助けてください。

合わせた手を、強い力で掴まれる。それと同時に、心臓が飛び跳ねたようにドクドクと音を立てた。

「瑠璃!!　何をしている！」

どうして。

いつもここに隠れているときは、なぜだか見つかることはなかったのに。

驚きと恐怖で息が止まる。痛いほどの力で引っ張られて足がよろめいた。

「びしょ濡れじゃないか。さあ、いい子だからお父さんと一緒に帰るんだ。瑠璃はいい子だろう。悪い子じゃないだろう？」

こちらを見ている顔が、奇妙に歪んでいるように見えた気がした。ぞっとして顔をそらしながら頭を振るけれど、彼は気にしない様子で私を引きずる。いや、と口に出したはずが、喉が震えて呻いただけになる。

喉から出なかった気持ちが、胸の中で願いになった。

助けて。

その瞬間に、眩い光のような、暖かく乾いた風のようなものが吹き抜けた。

掴まれていた腕の痛みが消え、痛いほどだった雨の感覚もなくなる。

何かに包まれているような感じがした。

「その願い、叶えよう」

低く柔らかく、でもよく響く声がすぐ近くから聞こえた。吹き抜けた風でとっさに瞑っていた目を開くと、目の前に白い布があった。高そうな布。濡れているから、汚してしまいそうだとなんとなく思う。

「こちらへ」

背中に回された手に、下がるよう促されて気がついた。

何かじゃなく、誰かに抱き締められている。

私が顔を上げるのと、その人が背を向けるのが同時だった。私を抱きしめていた誰かは、古文の教科書で見た平安時代ような古い服装をしている。

「瑠璃!!　どこに消えた！」

叫び声に逃げ出そうとすると、それを制するようにその人が手を挙げた。

「もう怯えずともよい。この者には、もう見えぬ」

「えっ……」

何度も叫んでいる声が間近にあっても、その人はゆったりと落ち着いた調子を崩すことはなかった。

その姿の向こう側に、半狂乱で周囲を見回している姿が見える。私の方を見てもその視線は通り過ぎていくので、本当に彼の目には私もこの人も見えていないかのようだった。

　どういうことなのか、とその人に尋ねようとしたとき、背後からギシギシと木の軋む音が聞こえた。

　大雨でおんぼろ社がついに崩れ落ちるのか、と振り返ると、お社の正面にある格子戸の扉がゆっくりと開いていくのが見える。

　そしてそこからニョキッと白くて小さい手が生える。その扉の、内側から。

「早くおあがりください。ほらほら」

　ギョッと見つめていると、小さい手に続いて格子の内側から子供が顔を出した。

　茶色く柔らかそうな髪にくりっとした黒い瞳。ふくふくした頬は白く、小学校三年生くらいに見えた。服装は茶色と白と焦げ茶の斑模様をした、水干《すいかん》とか狩衣《かりぎぬ》とかいったような、これまた平安時代っぽいアレである。

「早く早く」

　ぽかんと見上げていると、子供が焦れたように手招きを早くする。

「ぼうっとなさっていたら見つかってしまいますってば。早く」

「え、でも」

「ここは主様にお任せして、さあさあ」

ぱたぱたと素早い手招きと子供の言葉に足を動かすと、そのままお社の中へと入るように急かされる。思いきって軋み放題の小さな階段を登ると、お社の屋根が顔のあたりにくるほど低い。

子供が既に中に入っているなら、私が入れるスペースはどう見てもないはず。それでも言われるままに格子の外で靴を脱いで、鳥居の方を振り返る。そこには白い服の人が相変わらず立っていた。その後ろ姿を眺めていると、とうとう子供が私の右手を握って引っ張る。

「ほらほら早く早く」

「えっ、ちょっと待って」

ぐいぐい引っ張られるので慌てて左手でローファーを掴み、そのままお社の中へと入り込んだ。

「えっ？」

入ってすぐのところはザラザラとした古い木の板で天井も低く、膝立ちで頭を下げて移動する必要があるほど狭い。けれどそれに構わずぐいぐい引っ張ってくる子供に付いていくと、お社の奥に木の扉があり、そこを開けると立ち上がれる程の高さがある部屋に繋がっていた。床も壁も新しい木材で、どこもかしこもピカピカに磨かれている。

「えっえっ、どういうこと？」

ぐるりと周囲を回っても一分もかからない小さなお社で、これはありえない。

今通った入口と反対側の壁にある扉から出ると、今度は細長い渡り廊下に繋がっていた。屋根があって床もあるけれど、渡り廊下の左右は柱が立っているだけで壁がない。御簾や布が掛けられていて見えないけれど、その向こうは明らかに外だった。

「さあさあ早く早く。主様ももうお帰りになったでしょうから。どれだけこの日を待ったことか。急いで急いで」

「いや……アルジサマって？　ねえちょっと待って。あの、雨に濡れてたから、靴下脱ぎたいんだけど」

「ええこの先に湯殿がありますからね、もう少し我慢してください」

「ユドノ？」

廊下を渡り切り、建物の裏手でもう一度靴を履いて外出ると、目の前には物凄く豪華な建物があった。

二本の柱は朱色で上に瓦屋根が載り、その奥にある大きな扉は開け放たれていた。

屋根は二重になっていて、二階には手すりも見える。そこから漆喰の壁が繋がって左右に果てしなく続いているように見える。手前には狛犬が座っていて、大きな建物は門の役割をしているようだった。

「……羅生門？」

「ほらぼーっとしてないで入りますよー。あんまり遅いと主様に怒られちゃいますから」

子供が私の手を引っ張りながら門の奥を指差す。その先には白い石畳が綺麗に敷かれ、まっすぐ伸びる道の先にものすごく大きなお屋敷があった。

「……ねえ、さっきの人がアルジサマ？　ここに住んでるの？」

「もちろんですよ。主なのですから」

「ここって、神社？」

「そうです。あのおんぼろなお社から入ったじゃありませんか」

神社の主って神様なのでは。

「私、もしかして神隠しとかそういうのに遭ってる？」

ぐいぐい私を引っ張っていた子供が数秒立ち止まる。それからくるっと振り向いてくりくりした黒い目でこちらを見上げ、ニコッと私に笑いかけた。そのまま歩みを再開する。

「……いや何も言わないのかい！」

「大丈夫です、うちはそういうのやってないですから！」

「うちって何⁈　そういうのって何⁈」

「平気ですよぉ～ほら早く～」

「行って大丈夫なのこれ?!」

見かけによらず意外に力が強い。私の言葉を華麗に聞き流しながらぐいぐい引っ張る子供によって、私はその門の中へと足を踏み入れることになった。

「ではお支度をよろしくお願いしますね！」

「えっ」

私をここまで連れてきた男の子は、豪邸に入って廊下をまっすぐ行ったところでそう言うと、すたこら走っていってしまった。

代わりに現れたのはびっくりするほどの美女コンビである。

私よりも背が高い二人組に、にこにこと見つめられてなんとなく会釈する。

「……こ、こんにちは……」

「まああ、かわいい」

「かわいいわ」

「濡れてるわよ」

「寒いわね」

「早く洗いましょう」

「すぐ綺麗になるわ」

私よりも少し背が高い二人は、全く同じ顔をしていた。

黒目がちな目は一重ですっと涼しげで、鼻は通っているけど大きすぎない。額に黒くて丸い眉を描いていて、薄い唇は形が整っている。芸能人でもちょっと見ないくらいのアジアンビューティーだった。

髪の毛はとても長く、下の方でくるんと束ねてなければ床に付くだろう。服も巫女さんっぽい白い着物と袴を着て、その上に丈の長い着物を重ねて引きずっている昔の装束だった。全体的に国語便覧で見たような平安時代っぽい雰囲気である。美女の片方は紅色の着物、もう片方は白い着物を一番上に重ねている。

たおやかな雰囲気に気圧されているうちに、二人はすすと近付いて私を挟む。両側からぐいぐいと腕を引っ張られた先はユドノ、つまりお風呂だった。脱衣所まで連れてこられたかと思うと、にこにこしながら服を剥いでいく。

華奢な見た目に反して力が強い。

「ちょっ……待っ……」

「変わった服ねぇ」

「でもかわいいわ」

「あら引眉がまだね」

「今はしないのよ」

「早く温まりましょうね」

「風邪を引くといけないわ」

私の意見はこの人たちにまったく影響を与えることなくスルーされ、あっという間に裸に剥かれると浴場の方へと追い立てられる。引きずっている着物を脱いで裾を縛った美女ズももちろん付いてきた。

「えっ……ここは……」

平安っぽい建物だったのに、浴場はタイル張りだった。手前にシャワーや蛇口のある洗い場が付いていて奥には大きな浴槽がある。そして壁には富士山の絵。並べられている桶は黄色い。

全体的に銭湯である。

どういうこと。

「すいませんちょっと待って」

「すべすべねえ」

「温かいわね」

「あの自分で洗」

「髪はこれね」

「沢山泡が出るわ」

「聞いて」

「人間はかわいいわね」

「かわいいわ」


にこにこ楽しそうな美女に犬か何かっぽく洗い立てられ、湯船に浸かることでようやく解放された。とはいえ美女二人は浴槽の外からにこにことこちらを見ているので落ち着けはしない。けれど、とりあえず会話ができるくらいには余裕ができた。


「あの……あなたたちは人間じゃないんですか」

「人ではないわ」

「変化《へんげ》して主様にお仕えしているのよ」

「変化?」

「私たちが何だかわかるかしら?」

「当ててほしいわ」

「わかりません」

「もっと考えてみたらきっとわかるわよ」

「あなたもきっと知っているわよ」

ヘンゲというくらいだから、キツネとかだろうか。そう思って訊いてみてもちがうわひどいわとにこにこ言われた。

「アルジサマってどういう人ですか」

「主様は優しいお方よ」

「とても優しいわ」

「ちょっと優しすぎるわね」

「ちょっと頼りないわ」

「あの……なんで私はアルジサマに呼ばれてるんでしょう」

「ルリさまがそう願ったからよ」

「主様が叶えたからだわ」

「えっ？　なんで名前知ってるんですか」

お社に入ってからはただグイグイ引っ張られてただけなので、自己紹介もまだしていない。それなのにルリという名前を知っていた美女に驚くと、にこにこと二人で笑いあっている。

「もちろん知っているわ」

「みんなあなたを知ってるわよ」

「お社へお願いに来ていたわね」

「何度もお願いしていたわ」

「主様はずっと気にかけていたわよ」

「だからみんな知っているのよ」

みんなって誰だろう。

色々とよくわからないけれど、つまり、神社の主であるアルジサマは私が何度もあのおんぼろ神社にお参りしていたことを知っていて、それでこの美女ズも私のことを知っていたということらしい。

あんなに小さくてボロい神社なのに、ちゃんと神様がいて、お参りしていることに気付いていたんだ。来るたびに手を合わせていたけれど、本当に神様がいると思ってそうしていたわけではないのでちょっと後ろめくなった。


大浴場から上がるとこれまた普通のバスタオルで体を拭かれた。

「なんでここだけ現代風なんですか？」

「主様がそのほうがいいだろうって仰ったのよ」

「主様は今の人間の暮らしを知らなくて悩んでいたのよ」

「今時ふのりなんか使わないのねえ」

「いい香りの髪はいいわね」

これまたよくわからないけど、リフォームしたらしい。

神様もリフォームとかするんだと感心しているうちに髪を乾かされ、着物を着せられる。何か複雑な手順で重ね着していって、最終的には美女二人と同じような床に引きずる着物を羽織って完成らしかった。私の髪の毛は肩くらいまでしかない上に、アジアン美女二人と並ぶとどう考えても七五三のスタジオ撮影にしか見えなそうだ。

「よく似合っているわ」

「かわいいわ」

「どう見てもコスプレでは」

「主様も喜ぶわ」

「主様もきっとかわいいと思うわね」

にこにこ笑う美女に両手を引かれて歩いていると、さっきの男の子が走ってやってくる。

「すっかりお綺麗になって！　お前たちもご苦労様」

美女二人はにこにこと男の子に頭を下げる。男の子に腕を引っ張られながら振り向くと、にこにこと見送っていた。あの態度からすると、この男の子のほうが上司のようだ。序列に年齢は関係ないのかもしれない。

「早く主様にご挨拶しましょう」

「あ、はい」

そういうちょっとした疑問を口に出す前に急かされる。神社に住んでいる人たちは割と強引に物事をすすめるタイプが多いのかもしれないと思った。

「あの、私神様にご挨拶とかしたことないけど、どうしたらいいのかな」

「主様はあんまり礼儀とか気にしないタイプなので大丈夫です」

「そんな適当な……」

「待ちに待ったルリさまなんですから、例え失礼なことなさったってきっと怒りませんよ」

そういう問題ではないような気がする。

そして待ちに待っていたらしい。心当たりがないけれど、とりあえずアルジサマはしきたりとかに厳しくなさそうだ。

やがて男の子は大きな広間へと私を引っ張っていく。

お屋敷は壁が少なく、外の庭はもちろん屋敷の中も遠くの方まで見える。その中で大広間は御簾が垂らされて区切られていた。中に入ると、さらにその内側を区切るように御簾が下がっていて、広がるその薄い壁の中央あたりの位置、御簾から離れたところに座布団がひとつ置かれている。

男の子はその座布団に座るように私を誘導して、それから一歩御簾の方へ踏み出してから自分も座り、御簾の向こうへと小さく声を掛けた。

「ルリさまのお仕度が調いました」

どうやらさっきのアルジサマはここにいるらしい。

外を背にして座っているので、日光が当たっている御簾の中はよく見えない。けれど何となく、御簾の奥に四角い板のような物が立っているのがわかった。

さすがに神様とか高貴過ぎるので屏風で姿を隠しているのかもしれないな。なんか平安貴族もそんな感じだと便覧で見たし。

そう思いながら待っていると、奥から「主様がいらっしゃいます」という声が聞こえた。丁寧な言葉遣いだけれど、声音は私を案内してくれた男の子と同じくらいの幼い印象だ。このお屋敷は子供が多いのだろうか。

その声に従って隣に座る男の子が指をついて頭を下げたので、ぎこちないながら私も真似をした。

すっと障子が開いた音と、静かに歩いてくる音が聞こえる。ふわんとお香の香りが辺りに広がった。いい匂いだけれど甘いというわけでもなく、お線香に似ているけど煙っぽくもない不思議な香り。

「うっ」

ガッターン!!

「えっ？」

「あ、主様」

いきなり御簾の向こう側で大きな音がした。向こう側で起きた風が御簾を少しだけ揺らす。しばらくして、人が動く気配と何かガタガタしている音が聞こえた。

声と一緒にがつっと小さい音がしていたので、何かに躓いて屏風を倒してしまったのだろうか。神様が。

「……」

見えない向こうでガタガタと場を整えた子供らしき声が「どうぞお座りください」と促すと、その場は沈黙だけが残る。

しばらく待ってみる。が、何も起きない。

そっと近くにいる男の子の方を見ると、彼がわざとらしい咳払いをしてお辞儀をしたまま声を発した。

「主様、ルリさまをお連れいたしました」

「う、うむ。……よく来た。畏まらず、顔を上げよ」

「あ、はい。ありがとうございます」

さっきと同じ声がした。アルジサマ、美声だ。

ぶっちゃけ大きい物音がしたせいで顔は上げてしまっていたけれど、どうやら一連の出来事はなかった体《てい》で進むようだ。

　御簾と屏風っぽいものを挟んだ向こう側から聞こえているけれど、はっきりとこちらまで聞こえるいい声だった。ちょっと慌ててるっぽい雰囲気でもその美声が揺らぐことはないほどに。

　何か言われるのかなと思って待っていたら、また沈黙。

　男の子を見ると、無言でくいっと顎を動かされた。私の番らしい。

「えっと、初めまして、箕坂《みのさか》瑠璃です。知ってるかもしれませんけど」

「う、うむ」

「……えっと……さっきは、ありがとうございました」

「うむ」

　男の子はしれっと座って動かない。どうすればいいのかと思っていたら、御簾の向こう側にいる男の子が「主様、うむばっかりでなく何か仰ってください」と促してくれた。非常に助かる。

「その、ル、そ、そなたの願い、私が確かに聞き届けた。我が庭は手狭だが、好きなだけ留まるがよい。何か入用のものがあればすぐに用意させる。庭も多いし、部屋もいくつかあるし、そのうちその、洋室とやらも創る予定だ。食事も和食が主だが、洋風のれ……れぴし？　とやらも取り寄せていると言っていたな。あとは」

「主様、喋りすぎです」

「ああ、うむ、そうか。とりあえず、そんなところだ」

さっきの沈黙とは打って変わって相槌も挟めないほどの早口にどうすべきか迷っていると、向こう側でツッコミが入った。

適宜フォローを入れてくれる声は子供のものだけれど、なかなかデキる人らしい。

「えっと、ありがとうございます。お世話になります、すみません」

「うむ。好きなだけくつろぐがよい。我が家と思って……いや、そう、そこにいるすずめを供につけるので、何かあればそれに頼むように」

「すずめ?」

「はい、すずめにございます」

私の近くに座っていた男の子が手を使って器用に体の向きを変えると、にこっと笑ってお辞儀をした。

すずめって可愛い名前だ。くりっとした目とふくふくした感じがまさに雀っぽい男の子なので似合っている。

「あと、こちらにいるのがめじろだ。めじろは私の側にある者だが、何か困ったときには頼るとよい」

御簾がすっと持ち上がって、向こう側にいた男の子が顔を覗かせた。すずめくんと同じ平安装束っぽいけれど、彼はきれいな黄緑色の服を着ていた。髪は真っ黒で肌は白く、涼し気な美少年である。同じような年頃のようだけれど、すずめくんよりもめじろくんのほうが冷静な雰囲気だった。

「めじろにございます。よろしくお願いします」

「あ、こちらこそよろしくお願いします、めじろ……さん？」

「お客様に大層に扱われる身分ではありませんので、呼び捨ててください」

「すずめのこともテキトーに呼んでください！」

「あの、私もお邪魔した身で別にオキャクサマって言うほどでは……」

「いいからいいから、めじろとすずめですよ！」

めじろくんのことを呼び捨てにするのはなんか雰囲気的にもちょっと時間がかかりそうだけれど、すずめくんは親しみやすい。

どうやら、私はここでしばらく過ごしてもいいらしかった。こんな平安豪邸でどうしていいのかまったくわからないので、きっとこの子たちに色々と頼ることになるだろう。

一通り挨拶が済むと、アルジサマとめじろくんは退場した。

結局、アルジサマがどんな姿なのか知ることなく面会は終了してしまった。声からすると成人男性のようだけれど、神様にそもそも年齢とかあるのかはわからない。障子が閉まって歩いていった音が遠くなってから私は息を吐く。

「ちょっと緊張した」

「主様なんかちょっとじゃすまなかったみたいですね〜。締まらないお方なんですから、もう！」

すずめくんは身軽に立ち上がってくるくると御簾を巻き上げ、アルジサマのいた部屋を簡単に片付け始める。風通しがよくなるとあのいい香りがゆったりと風で流れていく。平安時代はお香を焚いて、その香りを服に移したりしていたと古文で習ったから、主様はオシャレな人なのかもしれない。

「さー、お顔合わせも終わりましたし、とりあえずごはんでも食べますか？　早炊きモードなのでもうできてると思いますよ！」

「炊飯器あるんだ……ていうかちょっと待って」

足、痺れた。

その後、動けない私の足をつつこうとしてくるすずめくんとの攻防を経て、私たちは大分仲良しになった。

その夜、私はまだ暗いうちに目が覚めた。

圏外表示になっているスマホを確認するとまだ夜の十時。いつもなら寝てすらいない時間だけど、すずめくんは夕食が終わるとさっさと寝る支度を整えていなくなってしまった。沢山動いたせいか私もすぐに眠ったけれど、短時間でしっかり疲労回復してしまったようだ。

色々ありすぎて神経が冴えているのかもしれない。目を瞑っていても再び眠れそうにないので、私は少し外の空気を吸うことにした。

寝室から出て、さらに回廊から外へ出ると、庇《ひさし》と低い手すりの付いた縁側っぽい場所に出る。月が出ているせいで中よりも明るかった。しんとして人の気配がない。

月と星が出ていて、所々に雲がある。ゆっくりと雲が動いているけれど、地上近くでは風がなかった。

もう正座で足が痺れるのは嫌なので、浴衣だけど少し足を崩して低い手すりに両腕を乗せて庭を見る。敷き詰められた白い石が月の光でぼんやりと光って意外と庭の風景が見えた。夏の夜だけど木の床に座っているせいか暑苦しくない。

庭をぼーっと眺めながら何もしないでいると、色々と頭に浮かんでくる。

畳は木の床に必要な分だけ敷くシステムなんだなとか。

夕飯の和風ハンバーグは和食なのだろうかとか。

なんでアルジサマは私をここに置いてくれたんだろうとか。

いつまでここにいていいんだろうかとか。

組んだ腕に顎を乗せて考えながらぼーっとしていると半分寝ていたのか、背中に何かがふわっとかかった感触ではっと目が覚めた。振り向くと、高そうな着物が掛けられている。細かい刺繍の入った布地からは不思議な良い匂いがした。

周囲を見回すと、ちょうど五メートルほどの距離にある角のところでさっと何かが隠れたのが見えた。

「アルジサマ?」

「うっ……その、夜は冷えるから、女子《おなご》がそのような薄着でいるのはよくないと……」

いくらよく響くいい声だからといって、角の向こうでもしょもしょ喋られると聞きにくい。肩に掛けられた着物を手で押さえながら、私は膝立ちでちょっとアルジサマの方へと近付いた。

「ちなみに私はたまたま、たまたま夜歩きをしていただけで、別に見張ったりはしていないから安心するがよい。これは本当だ。何か明かりが見えたから、どうしたのかと思っただけであって……別にそういう、そういう思いではないから……!」

「あの、上着ありがとうございます」

「う、うむ」

割と一人の世界に入るのが上手い人なのかもしれない。

待ってても止まりそうにないので適当なところでお礼を言うと、明るくほっとしたようなアルジサマの声が返ってきた。

「アルジサマはいつもこの時間起きてるんですか？」

「うむ……いや、いつもというわけではないが……私は眠らなくても構わぬから、たまに月見を楽しむこともある。夜があるのはここに住む者のためというのが大きい」

「夜……がないっていうのもできるんですか？」

「ここは私の領域だからな。流石に文句を言われるからやるのは憚るが。その、ここの屋敷の庭は場所によって四季を変えているから興味があれば見てみるとよい」

「へえ、すごい」

「そ、そのような、そうでもないぞ」

季節や時間を自由に調整できるだなんていかにも神様っぽい。

ちなみに私が寝ている棟のあるところは夏の庭になっているらしい。私がいるので外とあまり変わらない時期がいいだろうと思ってのことらしかった。

「布団も作ってみたが、普段は西洋の敷物で寝ているのだろう？　今夜は間に合わなかったが、そちらがよければ用意しよう」

「いえ、そんなにしてもらうわけには」

「遠慮はしなくてよい。一日二日ならまだしも、何日も慣れない寝床で眠るのは辛かろう。なんとかいう西洋の敷物は使ったことがないので、上手くできるか不安だが……」

話しぶりからすると、アルジサマは一日二日では私のことを追い出さないつもりでいるようで少しホッとした。どうせ二人きりだし、この際ストレートに色々聞いてみることにする。

「あのアルジサマ、私ぶっちゃけどれくらいいてもいいんですか？　これ以上いたら迷惑とか、ハッキリ言ってくれるとありがたいんですけど」

「迷惑などと！　ここは私とあと何人かしかいない寂しいところだから、好きなだけいてよいのだ。誰も迷惑などと言わぬ」

「でもそんな、何年もいるとか言ったら流石にエッてなるでしょう？」

「エッ……とはならないというか、私は嬉しいが、その、その、る……ルリが困るのではないか？　ほら、今は夏の休みがあるらしいが、普段は今様の寺子屋に通っているのだろう」

「寺子屋……高校のことですか」

「それだ。ここから通えばよいが、あの鞄だけでは荷が少ないのではないか？」

「え、新学期始まっても？　ほんとにずっといてもいいんですか」

「そう言っておる」

あっさり頷いたアルジサマは、本当の本当にいつまでいてもいいと思っているらしい。太っ腹すぎてこっちが心配になってくる。

「なんで、そんなに……」

「そなたはそう願ったであろう？　どこかに隠れたい、誰かに助けてほしいと。力及ばぬ神とはいえ、人間は私の許しなく屋敷へは近付けぬ。ここでは何にも怯えることなく、何を憂う必要もない」

アルジサマの柔らかい声で、お腹の奥のほうがふっと緩むのを感じた。

「望むだけここで隠れているがよい。何が来ようと私が匿ってみせようぞ」


隠れていてもいいんだ。逃げてても許してくれるんだ。


アルジサマがあまりにもあっさりと言うので、私はなんだか宙に放り出されたというか、色んな糸で引っ張られてたのを全部切ってもらったような、そんなホッとしたような不安定なような気持ちになった。

初対面なのにこれだけ安心できるのは、アルジサマが神様だからだろうか。

「アルジサマ、ありがとう……ありがとうございます」

「うむ」

昼間に挨拶した時の形式的なものじゃなくて、心からの気持ちを込めてアルジサマにお礼を言うと、アルジサマは角の向こうでまた嬉しそうに頷いた。

「ところでその……主様という呼び方だが」

「はい」

「その、ルリは私に仕えているわけでもないし、その主というのはちょっと違うのではないかと……」

「じゃあなんて呼べばいいんですか」

「本当は真名で呼んで貰いたいが、今のルリには難しいかもしれぬから、その、ミコトと」

「ミコト様ですね。わかりました」

「そう。主様と呼ばれるよりずっとよい。様はなくてもよいが」

アルジサマ改めミコト様はうきうきした声になった。私は膝立ちになって柱の角に手をかける。

「ところでミコト様」

「わぁ！　な、何故急に覗き込む?!」

「ミコト様の姿を見ると祟られるとかそういうのありますか？」

「そそそそんな心配はないがもしそんな不安があるならまず訊いてから覗くべきでは

ないか?!」

ひょいと角から顔を出してミコト様を覗き込むと、周囲に漂う香りが強くなり、ようやくミコト様の本体が見えた。

すずめくんたちと似たような平安っぽい雰囲気漂う着物だけれど、夜だからか頭につける帽子みたいなのは被っておらず、長い黒髪は後ろで緩く括っている。月の光だけなのであまりよく見えないけど、青っぽい服はグラデーションがかかっているようで均一な色合いではなかった。背はやや高く、意外にちゃんとした体格をしている。

最初に会ったときと同じでミコト様の顔は見えない。角度の問題ではなく、今は明確に私から顔を隠していた。

「なんで顔隠すんですか?」

「いや……その……」

「顔見たら怒りますか?」

「お、怒りはせぬがその……」

しどろもどろになりながらも片手を前に出して着物の袖で顔を隠している様は、平安貴族というかお姫様っぽかった。じりじりと近付くと、じりじりと後退りながらもミコト様は頑なに顔を見せようとはしない。

「ミコト様、隠されると気になります」

「そ、そのような……そのようなこと……!! 今宵はもう眠るがよい! 私も寝屋へ帰る!」

ミコト様はそう叫ぶと、めちゃくちゃ素早い身のこなしですたこらと逃げていってしまった。あれだけの速度で板の床なのにほとんど音がしないのは凄い。これも神様の技なのだろうか。

「あ、上着」

うっかり返し忘れてしまった。仕方ないので明日本人かすずめくんに渡すことにして、私も眠ろうと立ち上がる。

借りた上着を部屋まで持って帰って屏風に掛けておいたら、いい香りが少しだけ部屋に広がって、私はようやく瞼が重くなった。

四季の咲く庭

夜寝るのが早いということはつまり、朝起きるのが早いということだった。

「ルリさまはお寝坊さんですねえ。さあさあ、お支度して。もうお掃除終わってないのここだけですよ」

六時に起きてちょっと早いかなと思いつつ部屋の外に顔を出すと、呆れた顔のすずめくんにそんなことを言われてしまった。

すずめくんをはじめこのお屋敷の人たちは、いつも空が明るくなる前から起きているらしい。それは私からすると朝でなくて夜だ。

「目覚ましもないのにどうやって起きてるの？」

「東の方が騒がしくなりますから寝てられませんよぉ。でもすずめらはお仕事があるからで、ルリさまが合わせる必要はありませんよ。あんまり遅いと主様が心配して騒がしくなっちゃうと思いますけど」

水の入ったタライや手拭い、着替えを持って色々とお世話を焼いてくれる。小学生くらいの子供にそんなことをさせるなんて非常に心苦しいけれど、すずめくんは動きが素早くて迷っているとまくし立ててくるので、上手く口を挟む隙もなかった。

顔を洗えば手拭いを差し出し、立ち上がれば寝間着を解いてぴし、ぴし、と手早く着物を着付けてくれる。今日も白の着物で赤い袴を履いて、その上にカラフルな着物を重ねたものだった。

「お洋服はまだご用意できてないんです、ごめんなさい。主様が俗世にお顔を出さなくなって長いので、ほら、ミニスカートとかだと多分ひっくり返っちゃうので……」

「えっと、お気遣いなく……と言いたいけど、着物汚しそうで怖いし、正座は足が痺れるからできたらジャージでもなんでもいいから欲しいな」

着付けられるのもちょっと気まずいので、自分で着られる洋服ならなんでもいい。

「お年頃なんですからジャージばっかり着るなんてよくないですよぉ！　数日中にはご用意するのでもう少し我慢してくださいね。はいできた。ここは暑いですから、涼しい西側でごはんを召し上がるといいですよ」

このお屋敷は色々建物があったりするけれど、大きな建物は東西南北の四つがあって、それぞれが廊下を兼ねた建物で繋がっていて空から見下ろすとロの字になっている。南の横長で一番大きい建物がミコト様の住む主屋、北の建物も横長だけれどそれより少し小さい。東と西の建物が主屋から見ると縦長方向に伸びていて、その二つは同じ大きさで北の建物よりやや小さいらしい。

「お部屋やお池の場所は主様が時々変えたりするので、大まかな間取りだけお教えしますね」

「変えるって、工事するの？」

「いいえ、御力で動かしたり、新しく創ったりしてくださるんです」

「えっすごい」

神様のお屋敷のリフォームは、不思議な力で行われるようだ。実際に昨夜、洋風の台所がひとつ増えたらしい。眠りを妨げるような工事の音は全然聞こえてこなかったので、本当に創ったのだろう。

実感はないけれど、本当にミコト様は神様らしい。

「中庭は春ですからね。景色も見ものですよ」

案内された部屋は外に続く扉が開け放たれていて、明るくて広い庭が見渡せた。

庭の中央にいびつな形の大きな池があって、川がそこへと繋がって水が入り、別の場所からまた流れ出ている。所々に大きな桜が植えられていて、ひらひらと舞う桜吹雪が川に落ちて流れていっていた。他にも色々な植物が植えられていて、小さな山になっているところもあるし、大きな岩が置かれている場所もあった。

晴れていて暖かいけれど、風は涼しくてまさに春の陽気で庭が輝いている。

「反対側は暑かったのに、不思議」

きれいな景色を眺めながら、一人朝ごはんを食べる。小さいテーブルのようなお膳に、ごはんと焼き魚とお漬物と汁物。蕗味噌というのが苦手な味だった。

すずめくんがニコニコおしゃべりしながら傍にいるけれど、一人だけで食べていることに変わりなくて、ちょっと寂しい。

「あ、主様がこっち見てますよ」

「え、どこ」

「ほら、あの主屋の几帳《きちょう》の影」

「キチョウって何？」

布で作った衝立のようなものを几帳というらしい。その後ろから主様がこちらを見ているとすずめくんは教えてくれたけれど、ここからだと主屋はすごく遠い上に、開け放たれた建物に几帳がいくつも並んでいる。全然わからない。すずめくんはとても目が良いらしかった。

よくわからないまま促されて手を振ると、真ん中あたりにある几帳が倒れかけて大きく動いた。そこにいたらしい。ガタガタと音が聞こえてきそうなほど布が揺れたそこに、黄緑色の服を着ためじろくんが近付いている。

「ルリさま、何かしたいことがなければお庭を見て回ってはいかがです？　お屋敷を巡ってもいいですけど今日はお天気がいいし、主屋はお客人がいらっしゃるみたいなので」

「見ていいならそうしよっかな。楽しそう」

　中庭は見ての通り春だけれど、外側の庭はそれぞれ東側が夏、北側が秋、西側が冬になっているそうだ。私がこのお屋敷に来たときに通ったのは南側で、玄関にあたるそこは季節が曖昧になっている。普段はお客さんが来てもいいように暑くもなく寒くもないように保っているらしい。

　私みたいにここにお世話になるような人がいるのかと思ったけれど、今日のお客さんは主様にお礼を言いに来ただけの人だそうだ。ここで住んでいる人以外には、私しか泊まる人はいないとすずめくんが言った。

　ごはんを片付けて建物の東側に面している夏の庭を覗いてみると、夜に見たときよりもうんと広く感じた。木が生えたりしているからか敷地を囲う塀がものすごく遠く感じる。

「庭っていうか、公園っていうか、緑地っていうか……」

「暑いので笠を被りますか？　あんまり暑かったら主様にお願いして曇らせてもらったほうがいいですけど」

「笠」

　上に羽織っている着物を薄手のものに替えて、裾を引きずらないようにゆるく帯で結び、歴史の教科書で見たような物凄くつばの広い笠を被る。笠には周囲を覆うように薄布がかかっていた。

これは、この姿は……

「あ、アキタコマチのやつ……！」

「今日のお米はゆめぴりかでしたけど、あきたこまち派ですか？」

「ううん、なんでもいいよ。違いとかよくわかんないし」

南に近い方の庭だとお客さんと鉢合わせするかもしれないのでこの姿だけれど、北側へ進むなら薄布は取ってもかまわないそうだ。すずめくんによると布を取ったほうが風通しがいいらしいけれど、私はあきたこまちの袋に描かれてる人のコスプレが気に入ったのでこのまま歩くことにする。手の甲につけるアレは、遠出をするときにつけるものらしくて出してくれなかった。

「ほらこれ知ってます？　鶏頭《けいとう》って言うんですよ。これは鳩麦《はとむぎ》。数珠玉がまだ青いですね。この粟もどこかから種が飛んできたんでしょう。手入れしたけど、あちこち行き届いてないんです。あの花は夏水仙《なつずいせん》ですよ」

「すずめくん、めちゃくちゃ博識だね……」

咲いている花や植わっている木をあれこれ教えてくれるので、庭を歩いているだけでも面白かった。東の庭にも細い川が流れていて、水音が涼しげだし近くに寄ると暑さがマシになった。南側から北側へ向かって庭を歩く。

「ルリさま、あれわかります？　あそこにある木」

「ん？　あれ？」

「あれ、無花果《いちじく》ですよ。ほら実がなってる」

「へぇ……イチジクってヨーグルトの味とかでしかよく知らないや。木になるんだね」

「はい」

すずめくんの「はい」は私の相槌に返事をしたのかと思ったけれど、木から視線を戻すとにこにこしながら何かをこっちに差し出していた。

「何これ？」

「笊《ざる》です」

「なんでザル？」

すずめくんがますますにこにこしながら無花果の木を指差す。

「採ってください。すずめは背が届きませんから」

そんなに背が高くない木だけれど、手が届くところはもう採っちゃったらしい。木に登って収穫するのも面倒だなあと思っていたところだったとか。

「まさかこのために庭に連れてきたの？」

「まさかまさか、そんなことないですよう～。ただついでに採ってくれたら嬉しいなと思っただけで。もちろん一番熟れてるのはルリさまがおやつにしていいですし、干したものもできたらお出ししますし」

なんだか担がれている気がしたけれど、にこにこと押し切られた。

葉っぱが大きいので邪魔になりそうな笠は取ってすずめくんの頭に載せておく。手のひら大の涙型に実った柔らかいイチジクを潰さないように採るのが意外と大変だったけど、枝からもいですずめくんの差し出すザルに載せる度ににこにこ嬉しそうな顔が目に入るので、まあいいかという気分になってくる。

「すずめくん、イチジク好きなの？」

「はい！　果物は好きです。主様にお願いしてあちこちに美味しい実のなる木を植えたので、このお屋敷では毎日果物食べ放題ですよぉ」

ザルにいっぱい収穫しても、イチジクはまだ木にいっぱい残っていた。桶に汲んだ井戸水でしばらく冷やしてから、建物に上がる階段のところで並んで座って食べる。

赤黒いイチジクは割ると中身がちょっとグロいけれど、とても甘かった。柔らかい果肉の中に、プチプチした小さい種が入っている。

「美味しいですねぇ。ルリさま、採ってくださってありがとうございます！」

「うん、美味しい。また熟したら採って食べようね」

「ルリさまがお優しくって、すずめは嬉しいです」

すずめくんは可愛いし素直なので、こんな頼まれごとならいくらでも引き受けてしまいそうだ。色々壮大過ぎてちょっと気後れしそうなこの場所でもくつろいでいられるのは、すずめくんがいるおかげだし。

「あのさすずめくん。明日から朝ごはん一緒に食べてもいい？　一人で食べるの、あんまり好きじゃないから」

「えっ、すずめとですか？　すずめは、食事はいつも裏で手伝いのものと食べているのですが……」

「うん。早起き頑張るから。叩き起こしてくれていいから仲間に入れてほしいな」

「はい！　すずめもルリさまと食べたいです！」

ふくっと白いほっぺが笑うと丸くなってとても可愛い。

イチジクは二つずつ食べて、それから夏の庭を一日掛けて散歩した。


翌日。

「あ、えーっと、ミコト様？」

「うむ」

「おはようございます……？」

「うむ。おはよう」

まだ夜が明けてすぐ、すずめくんに起こされて寝ぼけ眼で支度を整える。それから案内されたのは主屋にある豪華な広間だった。

昨夜はすずめくんが裏と呼んでいた、台所の近くの簡素な広間で食べていたのに。何でだろうと思っていたら、初日に見た朝顔の屏風が上座にでーんと置かれている。そのすぐ近くに座るよう案内されたのでもしかしてと声をかけると、既にミコト様が席についていたのだった。

「その、私もたまには皆と共に食べるのも悪くないと思ったのでな、ここに用意させたのだ」

「そうなんですか」

「言い訳ですよ。今朝急にルリさまと食べたいと我儘を仰って、ご用意するのが大変でした」

「これめじろっ！　シッ！」

嘘をあっさりばらしためじろくんは、ミコト様の慌てっぷりとは対象的にしれーっとした顔でお膳を調えている。私はどういうリアクションをすれば正解なのかよくわからないので、とりあえず運んでもらった朝食に手を付けることにした。

いただきますとみんなで手を合わせる。

「賑やかでいいわねえ」

「楽しいわね」

「ルリさまは佃煮が好きなのね」

「かわいいわ」

「胡桃《くるみ》も食べる？」

「美味しいのよ」

「ありがとうございます」

広間には二十人ほどが集まっていた。他にも働いている人がいるらしいけれど、身分が低かったり仕事の途中だったりして顔を見せていないそうだ。

ミコト様を上座に据えて、その正面、左右二列に座って朝食を食べる私たちの中にはあの美女コンビもいる。昨日夕食を食べた時に一緒に居合わせた人をすずめくんが軽く紹介してくれたけれど、美女コンビはそれを押しとどめて私が当てるまで教えないと笑ったので、名前はまだわからないままだ。

ミコト様から見て左の一番手前に私が座り、その隣にすずめくんが座っている。私たちの向かい側に美女コンビが座っているので、このお屋敷で働いている人の中でも二人は地位の高いほうなのだろう。めじろくんは給仕をした後、ミコト様の後ろでじっと座っているだけだった。

「こらルリさまっ！　好き嫌いはダメですよー！」

「うっ……」

昨日の朝食にも出てきた蕗味噌をさり気なく避けていると、目ざといすずめくんに怒られた。

「ルリさまは蕗味噌が嫌いなのね」

「人間っていいわね」

「食べてあげようかしら」

「こらこら！　ルリさまも少しなんですから食べてください」

「えぇー」

美女コンビを叱ったすずめくんが食べるようにとじっと見つめてくる。フキは風味が独特でなんか好きになれないのだ。どうしようか迷っていると、上座から咳払いが聞こえてきた。立派な屏風が遮っているけれど、皆がミコト様の方に注目して場が静まりかえる。

「……いや、今日の蕗味噌はいつにもまして美味いな。もっと食べたくなった。ルリよ、余っているならくれぬか」

「主様ぁー！　甘やかしてちゃ好き嫌いは直らないんですよ！」

「べべ別に甘やかしてなどおらぬ。ただ蕗味噌が食べたい気分なだけで」

「やったー」

「ルリさま！　もう！」

　蕗味噌の載った小皿を持ちぷんぷん怒るすずめくんの隣から立ち上がると、屛風の裏から手が伸びた。指が長く爪の形も整っているけれど、大きくて男の人の手だ。

「ミコト様、ありがとうござい……ます？」

「手を伸ばしているというのに何故覗くのだ、ルリよ」

「気になったので」

「き、気になっ……てもよいが、よいが、よくない。これをあげるから戻りなさい」

　屛風の向こうを覗き込むと、ミコト様がサッと顔を隠す。小皿を受け取った手で何かを掴んで私に押し付けた。お礼を言いつつ包んでいる紙を開くと、かりんとうが入っている。

　かりんとうって。

「おじいちゃんか」

「ぬっ？　何故おじいちゃん？　この近頃ではこのお菓子が流行っているのではないのか？」

「それもう随分昔の話ですよ。おじいちゃん世代です」

「ままま待てルリ私はおじいちゃんではないぞ！　少し年は重ねているが、まだまだ若い！　決しておじいちゃんでは！」

現代知識が色々とズレているなと思いながらミコト様を見つめていると、わたわたと慌てながら言い訳をしている。すると屏風から少し離れた後ろに座っていためじろくんが冷たい目で私たちを一瞥した。

「主様、ルリさま、お食事中に騒がない」

「ごめんなさい」

「すまぬ」

大人しく平らげた朝食のデザートにはセミドライのイチジクが出た。昨日私とすずめくんが収穫して干したやつである。まだ一日しか経っていないので柔らかくて食べやすかった。四分割して干しているので結構小さいけれど、甘さが濃縮されてひとつでも満足感が大きい。

「うむ。とても美味い。ルリは菓子を作るのが上手だな」

「私は採って並べただけですけど」

「ルリさまが作ったなんて嬉しいわ」

「美味しいわ」

調理すらしていないものなのに褒め殺しされると恥ずかしい。すずめくんはにこにこして食べていた。

「他にも色々食べ頃になってますよ。菜園もありますし。ねえ主様」

「うむ。好きなものを採るがよい。手の届かぬものは私が採ろう」

「ありがとうございます」

「今日もお庭を歩きますか？　すずめは外に行くのでお供できませんけど」

「うん。今日は秋のお庭に行くつもり。一人で大丈夫」

私の言葉を聞いたミコト様が「えっ……」と声を上げたのでそこで言葉を区切ったけれど、待ってみても何も言わないのですずめくんが話を続ける。

「籠を用意しておくので、果物を採るなら多めに採っておいてください。鋏もありますから」

「もはや収穫作業じゃん。いいけど」

「ルリさまが頑張ってくださる間に、すずめはルリさまのお着替えを買ってきますからね！」

「頑張っていっぱい収穫します」

すずめくんは買い出しやご近所偵察などで、ちょくちょくお屋敷の外に出掛けるらしい。反対にここの主であるミコト様はもうずっと出ていないそうだ。道理でかりんとうを流行スイーツだと思っているわけである。

せっかく秋の庭に行くのだから、と私を秋の色らしい着物に着替えさせたすずめくんだけれど、自分は身軽な洋服に着替えてさっさと出かけてしまった。水干というらしいあの平安チックな服がとてもしっくりきていたけれど、洋服は洋服でその辺にいる小学生のように馴染んでいたのがすごい。

「夕飯の支度までには帰ってきますからねえ。危ないことはしちゃダメですよ。何かあったら人を呼ぶこと」

「はーいいってらっしゃーい」

すずめくんを見送って庭に出る。私が寝ている東側の庭は昨日制覇したのですいすい歩けた。

建物の外側を装う庭、東側の建物沿いに奥の方へと歩いて角を曲がると暑苦しかった空気が急に涼しくなった。木々は鮮烈な赤や黄色で染まり、小川を紅葉が流れている。赤とんぼが飛び回り、所々でススキが揺れていた。

「うわ、すごい不思議」

角に立って歩いてきた方向を振り返るとまばゆい夏が広がっていて、前を向くと秋のこっくりした色合いになっている。曲がり角のところは冷たくも暑くもない風がやんわり吹いていて、そこが境目になっているようだった。

柔らかな風に吹かれていると、とても奇妙な気持ちになる。

一昨日までと、何もかもが違っていた。立っている場所も、見ている景色も、着ているものも、感じることも。違いすぎて、夢を見ているようだ。

夢でも幻覚でも、このままいつまでも覚めないでほしい。

そう思いたくなるほど、ここは平和だ。

さくさくと落ち葉を踏みながら歩くと、実を沢山つけている木が二本あった。

ひとつはみかん。

ひとつ食べてみると、甘いけれど酸っぱさもあってとても美味しい。

もうひとつは柿で、これもツヤツヤに熟した実がいっぱい生っていた。

籠と鋏を持ってまずみかんを収穫して、それから柿の木へ移る。みかんに比べると柿はあんまり沢山は食べられないし、少なめに採ろうとよく熟れているのを探していると、お屋敷を囲う塀の向こうからキュッキュッと鳴き声が聞こえてきた。

「なんの鳥だろう」

「あれは鳥ではなくて鹿です」

「うわびっくりした」

手を止めて塀の方を眺めていると、すぐ後ろから声がして驚く。

黄緑色の水干姿をしためじろくんがいつの間にか近くにやって来ていたらしい。めじろくんはすっと切れ長の目で少し冷たい印象のある美少年なので、黙って立っていられるとそれなりに怖い。

「鹿？　えっ鹿って鳴くの？」

「鳴きます。向こうに行くと小さい山があるので、ここの庭ではよく聞こえます。オスなんかは番《つがい》を探す時期に女性の悲鳴のような声を出します」

「へぇ……夜に聞いたら怖そうだね」

まさか鹿の解説をしに来たわけではあるまいと思って何か用事があったのか訊ねてみたけれど、めじろくんは黙ったままじっとこちらを見つめていた。

それから手を出してくる。小さくて白い子供の手だ。

「え？　あ、柿？　食べる？」

「みかんがいいです」

「みかんね。はい。これでいい？」

くるくる表情が変わって親しみやすいすずめくんとは対照的にクールな印象のめじろくんだけれど、こっくり頷いてみかんを両手で受け取った姿はとても可愛かった。

ミコト様のお使いで来たのかと思ったけれど、めじろくんはその場で皮を剥いてみかんを食べ始めたので純粋におやつ目当てだったらしい。

白い頬がもぐもぐ動くと微笑ましい。

「美味しい？　めじろくんも果物好き？」

「めじろはみかんが一番好きです。主様にお願いして、みかんの木のお世話はめじろがやっているんです」

「そうなんだ。よっぽど好きなんだね」

「この木は早生《わせ》のもので、冬のお庭にも植えています。めじろが肥《こえ》をいっぱいやったので、沢山実がなりました」

　自分で肥料もあげちゃうほどみかんが好きらしい。私も冬は家にあるだけ食べてしまいそうになるので気持ちはわかる。

「いっぱいなってるもんねえ。毎日食べてるの？」

「今年はあまり食べていません。あそこに蛇が出るんです」

「えっ！　それ早く言ってよ！」

　めじろくんが曇り顔で指したのはみかんの木の辺りである。さっき私が収穫していた場所だ。

「めじろは蛇が怖いので近寄れません」

「私も怖いし知ってたら近寄らなかったよ……誰かに捕まえてもらう？」

「その蛇は西のお方から主様に預けられた蛇神の子なので、あそこでしばらく暮らすのだそうです」

「へぇ」

　生まれたばかりのヘビにとって外の世界は危険がいっぱいなのだそうだ。ときには兄弟とも争うことがあるらしく、大きくなるまでここに預けているらしい。

「神様も子供がいるんだね……子供だったら小さいの？　毒ある？」

「まだ普通の蛇なので毒はないと思います。大きさはこれくらいです」

「なんだ、まだほんとにちっちゃいんだ」

めじろくんが両手で示したのは二十センチくらいの長さである。それくらいで毒もないのであれば、私は遭遇しても逃げ出すほど怖いことはないと思う。

けれどめじろくんはむぅと眉を顰めていた。

「小さくても怖いんです。めじろは蛇は嫌です」

「ヘビが怖いのって本能だとかいうもんね。採ったみかん全部食べていいよ。なくなったらまた採りに来るし。ヘビが怖くなかったらだけど」

ごろごろみかんの入った籠を渡すと、めじろくんはじっとそれを見つめたあと、顔を上げてにこーっと笑った。涼し気な雰囲気が、ふわっとひまわりのような優しいものに変わって私は震える。

か、か、可愛い!!

「ルリさまはとてもお優しい人です」

「ありがとう……」

「みかん、一緒に食べましょうね」

「うん」

クールな美少年が満面の笑みを浮かべるとギャップで可愛いさがすごい。

結局、私はめじろくんが喜ぶ顔を見たいがために、再びみかんの収穫をした。

ヘビは出なかった。


さらに翌日、私は冬の庭に立っていた。

「寒っ‼」

「寒いのね。風邪を引かないかしら？」

「人間は心配ね」

ちらちらと雪が舞っている。木の枝や岩にも積もっていて白い景色が目に寒い。今日の私は着物ではなく、すずめくんが買ってきてくれたばかりのスニーカーとジーンズに長袖のジャケットだ。流石に夏の売り場にダウンコートはなかったらしく、上着に古風な綿入り半纏を着込んでいた。

「おお、似合っているな！　ルリ、とてもよい！」

朝、待ちに待った洋服で広間に顔を出した私をミコト様が褒めてくれた。

「変わった織物を使っているのだな。その、少し体の線が出すぎかと思うが、しかし動きやすそうだ。和服もよいが、洋服もよいな。ルリはなんでも似合う」

あんまり褒めちぎられると、逆に似合っていないんじゃないかと不安になるのでやめてほしい。あと顔を袖で隠してるのにどうやって見ているんだろう。念力？

「体の線って、別にスキニーでもないし上も普通の服ですよ」

「いや、好きに着飾ってくれればよいのだが、そうか、今はこれが普通なのか……」

確かに平安っぽい服で暮らしていれば、洋服は体の線が出ているようにみえるかもしれない。でも私は動きにくさからも高そうな着物を汚すのではないかという不安からも解放されて非常に清々しかった。

「今日も庭を見るのか？　明日ならば私が案内できるのに……」

「気を使ってもらわなくて大丈夫ですよ。今日は二人も来てくれるので」

居候のくせに我儘に付き合わせたくはないのでそう言うと、ミコト様は柱の影で

「大丈夫……大丈夫とは……」とぶつぶつ言っていた。それをしばらく眺めていたらすずめくんに脇腹を小突いて促されたので、ミコト様には明日、中庭を案内してもらうことにする。

「うむ。明日、とくと案内してやろう！」

「楽しみにしてますね」

「ルリよ、風邪を引かぬよう気をつけるのだぞ」

「はーい」

そんなわけで、美女コンビと西側にある冬のお庭探索が始まった。

「あれは万両ね」

「まだ実が残っているわ」

「ルリさまの手が寒いわ」

「凍ってしまうわね」

「凍りません……」

両側からちやほや世話を焼かれるという美女サンドイッチ状態で冬の庭を歩く。

美女二人は着物姿なのに寒そうな素振りはなく、私にマフラーを巻いたり手を擦ったりととても甲斐甲斐しい。近くにいると両側からふんわり甘い香りが漂っていて気分は悪くないけれど、このコンビは私のことを幼児か何かと思っているのだろうか。

「雪は牡丹雪がいいわね」

「沢山積もるのはいいわね」

「雪好きなんですね」

「冬は素敵ね」

「うきうきするのよ」

「きっと私たちの季節に近いからね」

「きっとそうだわ」

「私たちの季節……？」

冬の寒さを過ぎた頃、その辺りが一番二人を連想する季節なのだそうだ。

未だに二人の名前を当てられていない私は、顔を合わせる度にわかったかどうかせっつかれる。その頃が二人の季節というのであれば、その頃に関係する生き物の名前なのだろうか。よくわからない。

「えーっと。冬眠とか？　うさぎ？」

「ちがうわ」

「クマ？」

「ひどいわ」

「もしかしてカエル？」

「ルリさまったら」

「ひどいわひどいわ」

美人はむくれていても可愛い。マフラーにぐるぐる巻きにされながらも、私は冬の庭になるみかんの収穫に励むことにした。すずめくんもめじろくんも寒いところはあまり好きではないらしく、今日はどちらもミコト様のところでお仕事の手伝いをしている。

みかんの他にも柑橘系の木が色々あって、伊予柑を見つけた時は嬉しかった。りんこの木もあって、籠には赤いりんごも入っている。

色んな種類をまんべんなく収穫すると、雪がちらついてるのに体は温まってきた。

「これくらいでいいかな。どれかもっと欲しいのある？」

「私たちのために採ってくれるのね」

「とても優しいわ」

「嬉しいわ」

「えーっと、なかったら行くよー……あ、しらさぎさんこんにちは」

すぐそばにある西の建物の縁側に見知った人影が見えた。おっとりとお辞儀した彼女は、私たちが庭から屋内へ上がるとタオルと温かいお茶を渡して火鉢を勧めてくれた。たおやかに去っていく姿は確かに白鷺っぽい感じがする。名は体を表すというやつなんだろう。よく知らないけど。

そう考えると、美女二人はカエルなどよりもっと優雅な生き物なのかもしれない。冬に関係して、優雅で、にこにこしている。うん、全然わからない。

温かい湯呑みを持って手を温めながら七輪のそばにいると、密閉性の低いお屋敷でも温かい。小さい火鉢に集まるために美女コンビが両側から寄り添っているので、より温かかった。

「しらさぎさん、昨日たすき掛けの方法教えてくれたんだ。無口だけど優しい人ですよね」

「しらさぎはいい子ね」

「だけど妬ましいわね」

「私たちも名前を呼んでほしいわ」

「寂しいわね」

「だったらもう教えてください……」

やいやいと美女ズは話し合っていたけれど、私が二つめのみかんを食べる頃には決心がついたらしい。

「当ててほしかったけど仕方ないわ」

「呼んでほしいからしょうがないのよね」

「ルリさま、こっちへ来て」

「さあさあ立って一緒に来て」

私の手をそれぞれ両側で取って、誘導するように美女コンビが歩いていく。にこにこと笑いながら建物の中を通って主屋の方へと歩いているようだった。

こっちこっちと連れてこられたのは主屋の正面にある大きな階段。そこから道幅三メートルくらいの広い石畳が大きな門へと続いている。あそこの向こうは街にあるおんぼろ神社に繋がっているのだろう。

美女二人は主屋を出てすぐのところで立ち止まってニコニコした。そうしてお互いにそれぞれ握っていた私の手を引っ張って逆方向へ行こうとする。

「これが私よ。近くに寄ってみて」

「こっちが私よ。よく見てみて」

「ちょっと待ってちょっと待って」

両側から引っ張られても大岡裁きは始まらない。自力で踏ん張ってタイムを申し出て、二人がそれぞれ指す方向を確認する。

主屋を背に、右には白い花を付けた木が、そして左には紅い花を付けた木が、階段の両側を彩るように植えられていた。

「梅？」

「そうなの。私は紅梅《こうばい》」

「私は白梅《はくばい》」

いつも最初に口を開く美女が紅梅さんで、白梅さんはそれに頷いてにこにこと笑っているほうの美女である。どうりで紅梅さんはいつも紅色の着物を着ていて、白梅さんは白い着物を着ているわけだ。

「梅かぁ……動物だと思ってた。紅梅さん、白梅さんだね」

名前を呼ぶと、二人の顔がぱっと明るくなった。

まさに花が咲いたような笑顔が眩しい。

「人間に名を呼んでもらうの、いいわね」

「嬉しいわ。素敵だわ」

「もっとお花も見てほしいわ」

「香りも嗅いでほしいわ」

「あ、はい。順番に。順番にね」

再び逆ベクトル方向へ負荷をかけられそうになったのでさり気なく回避して、最初は左側にある紅梅に近付く。

枝のあちこちに陽の光で濃いピンク色に見える花が付いていて、華やかでとても可愛い。近付くと濃い花の香りがして、それは二人から香っていたいい匂いと同じだった。甘いけれど優しい香り。

「梅の花、すごくいい匂いですね。花も可愛い」

「褒めてくれるのね、嬉しいわ」

「綺麗でしょう？　採ってあげるわ」

「えっ」

にこにこ笑った紅梅さんがたおやかな手を伸ばすと、紅梅の枝がぽきりと勝手に折れてその手に収まった。

「折れた！」

「この枝、いいでしょう？　よく咲いているわ」

「素敵な枝ぶりだわ」

「えっ、これ勝手に折っちゃっていいんですか？　梅大丈夫？」

きゅっと手に握らされた三十センチくらいの枝は、沢山花が付いていて確かに可愛いけれど、お屋敷の正面にある枝を勝手にどうこうしたらダメなのではないか。勝手に折れたように見えたけれど、どういう仕組みなのか。

慌てていると、紅梅さんと白梅さんがくすくす笑う。

「かわいいわねえ。大丈夫よ。すぐ生えるから」

「えっ」

「すぐ生やしてあげるといいわ」

「えっ？」

紅梅さんは頷くと、そっと折れた枝のところに指先を添えた。するとそこからするすると新芽が伸びて、もとの大きさへと成長する。それから枝の途中でむくむくと丸いものが膨らみ、紅く色付いてゆっくりと開いてゆく。

あっという間に咲いた新しい花は濃い香りを放っていた。

「え……すごい！　ほんとにすごい。どうやったんですか！」

「手を動かすのと同じようにすると生えるのよ」

「枝は手に似てるわね」

「生え……？　え？　これ、えっと、本当に紅梅さん、この木……の精？　妖精？」

「妖精ってかわいい呼び方だわ」

「かわいいわ」

「人には付喪《つくも》と呼ばれていたわね」

「主様は式と呼んでいるわね」

「つくも……付喪神？　ほんとにこの木が本体？」

　この二人は普段から自分たちは人間じゃないっぽい感じの言い方をすることが多かったけれど、まさか本当に人間じゃないとは。確かに二人とも人間離れした美しさをしているし、どう考えても人間業じゃないものを見てしまったので、納得する根拠としては充分かもしれないけれど。

「私たちは人間のお屋敷で打ち捨てられていたの」

「主様が拾ってくださったのよ」

「そうだったんですか」

　ずーっとずーっと前、二人は貴族のお屋敷に対で植わっていた梅の木だった。

時代が流れて住む人がいなくなり、屋敷と共に荒れ果てていたところにたまたまミコト様が通りかかった。ここに植え替えてもらい、しばらくすると変化できるようになったので、身の回りのお世話をすることにしたのだと二人は教えてくれた。

「へぇ……歴史のある木なんですね」

「さあ、次は白梅を見て」

「かわいがってほしいわ」

白梅の花は雪のように白く紅梅とは違った可愛さがある。花のガクの部分が赤茶色で、ちらほらと見えている色のコントラストと丸っこい形が昔懐かしのお菓子みたいに見える。白梅さんのかざした手にほろほろと落ちている様子もそれっぽかった。

「懐紙に入れるといいわ」

「ルリさまに香りが移ると素敵だわ」

和菓子を載せるような紙にたくさん落ちた白い梅の花を挟んで、そっと半纏の下のジャケットに忍ばせられた。濃い香りがそこから立ち上っている。

「いい匂い、おそろですね」

「おそろ！　素敵な響きね」

「かわいいわ。おそろ」

「紅梅もおそろにしましょう」

「白梅もお部屋に飾りましょう」

キャッキャと楽しそうな美人は眺めているだけで癒される。

なので気が付いた時には、私は梅の花に埋もれていると形容していい状態になっていた。

「梅や、ルリで何を遊んでおる……」

「主様、ルリさまはとても梅が似合うわ」

「とてもかわいいわ」

結んだ髪には沢山花が飾り付けられ、腕にはわんさか枝を抱えて、花びらがあちこちにくっついている。見かねたらしいミコト様が戸惑った様子で声を掛けてきた。振り向いて見上げると、相変わらず左手の袖で顔を隠したミコト様が主屋へ登る階段の上からこっちを見ている。顔は隠れているけどやっぱり見えているらしい。

「仕事を終えたので覗きに来てみれば……ルリが困っているのではないか？」

「だけどかわいいわ」

「困っていてもかわいいわ」

「そなたら……」

ミコト様は呆れた溜息を吐き、それから右手を伸ばして指先でくるくると空気をかき回すような動作をした。すると弱い旋風《つむじかぜ》が吹いて、振りかけられまくった花びらや過剰な髪飾りが巻き込まれて飛んでいく。

「主様ひどいわ！」

「ルリさまとおそろなのに！」

「これ、己の楽しみだけを求めれば目も曇ろうが、ルリを煩わせるのではないぞ」

ぷんすか怒った美女コンビも、ミコト様にびしっと言われて大人しくなる。おっちょこちょいなイメージのあるミコト様だけれど、神様だけあって真面目なときはしっかり真面目なようだ。

「しかと見よ。ルリはこのくらいが一番愛らしいではないか。多く飾ればよいというものではない」

「確かにルリさま、一番かわいいわ」

「一番かわいいのをわかっているのね。さすが主様ね」

「いやっ、その、そう、ルリよ、別に他意はなく……」

「照れたわ」

「照れているのね」

真面目とかそんなことじゃなかった。

私の話題なのに私を差し置いてミコト様と梅コンビはなんだか楽しそうだった。ミコト様は慌てながらすたこらと逃げ出し、残っためじろくんが私の持っている梅の枝を半分受け取ってくれる。

「全て部屋に飾ると香りがこもります。お好きなところへ飾るとよいでしょう。すずめに器を用意させます」

「ありがとう。残った半分も、主屋とかに飾ってくれる？　いい匂いだからミコト様も好きだと思う」

「……めじろは少し憂鬱です」

「エッ手間かけさせてごめんね？　今日取ったみかんもあげるから許してくれる？」

「みかんは好きです。憂鬱なのは、主様が浮かれそうだからです」

「めじろくん……」

あちこちに飾った枝は瑞々しい香りを放ち、東の建物全体が梅に包まれた。紅梅さんも白梅さんも「おそろ」が気に入ったようで、それから私の服にはお香を焚きしめる代わりに梅の花を置いて香りを移すようになった。お香みたいに煙っぽさがなくて、ほんのり香るのが香水より上品なので私も密かに気に入っている。


次の日は、わいわいと騒がしい声で目が覚めた。枕元にある手拭いと歯ブラシセットを持って廊下を歩く。

太陽が既に高いところにあって、そんなに寝坊したのかと首を傾げた。いつも大体七時前になるとすずめくんがねぼすけさんと起こしに来るのに。

　朝ごはん食べそびれたかなあと心配しながら洗面所に向かっていると、途中の部屋からやいやい声が聞こえてきた。

「もう、すずめは知りませんよ。そもそも主様が勝手になさったことでしょう。朝がうんと早かったせいであちこち大変だったのですからね。炊飯器もタイマー掛けてたのに、時間が狂うったら」

「すまぬ……ルリと共に庭を歩くと思うと夜明けが待ち遠しくて」

「待ち遠しいで朝を早められちゃ困ります。大体ルリさまは現代っ子で寝汚いんですから、ちょっとやそっとの明るさじゃ起きてきませんよ。いつも大体八時間くらい寝てらっしゃいます」

「うぅ……」

「仕方ありませんから、今日の夜は長くして調整してくださいね。外とズレるとお買い物が大変なんです」

「わかった」

　よくわからないけれど、ミコト様が神様パワーで日の出を早めたらしい。神様すごい。そして主様とか呼びつつ遠慮がないすずめくんもすごい。

「あ、ルリさま！　覗き見してないで早くお顔を洗ってらしてください！」

「すいません」

「ルリ、そ、そんな格好、明るい場所で、……早う着替えるがよい……！」

とばっちりから逃げるために洗面所に急ぐ。ミコト様の何かセンサーに引っかかったらしくモジモジしていた。ごく普通のTシャツ短パンだけど。

着替えて食事に出向くと、既にミコト様以外の人たちはごはんを食べ終えていた。

「今日は誰かさまのせいで日の出が四時間も早かったのですよ。すずめらは朝からあちこち動き回ってもうおやつの時間です」

「大変だったんだね」

「すずめは食べてしまいましたので、ルリさまは主様とお二人でお召し上がりくださいね」

「え、うん……いやだからってこの配置はないかと」

いつもならずらっと並んで皆でごはんだけれど、今日はもうミコト様と私しか食べる人がいない。

だからという理由で私のお膳がミコト様と向かい合う形で並べられていた。

目の前に迫る屏風が非常に圧迫感を増している。

「朝を急かしすぎたが、ルリと二人きりで朝餉が取れるのはよいな」

「すずめくんもめじろくんもいますよ」

「面と向かって共に朝餉を……ふふ」

「いや顔見えてないし」

たまにもしょもしょ聞こえてくる言葉に返事をしてみても、いまいち噛み合っている感じがしないけれど、ミコト様は満足そうなので気にしないことにした。

今日は西京焼きとおすましに、梅干し、とろろごはん。麦ごはんは食感に変化があって美味しい。蕗味噌も出なくなってより美味しい。すずめくんによると、梅干しは白梅さんの本体になった実を何年か前に漬けたものらしい。大きくて酸っぱい立派な梅干しだった。

今日も美味しいごはんだけど、人が少なくてちょっと寂しい。あれこれ忙しそうに動いていたすずめくんを見ていたら、ととと、と歩いて私の隣に座った。

「ルリさま、箸が止まっていますよ。どうかなさいましたか？」

「私も早起きすればよかったなと思って」

「えぇえぇ、せっかく皆で食べていらしたのに日の出をずらされて、おまけにお顔もお見せにならない主様とお二人ですからねえ」

「だからすまぬとあれほど」

「せめて屏風だけでもお取りになったらいいのに」

「そ、それはできぬ」

袖で顔を隠しているミコト様は、両手を使う必要がある食事のときはいつも屏風から隠れて出てこない。屏風なしではどう頑張っても顔が見えてしまうし、顔を見せたくないのであればそれはそれでかまわない。けれど、向かい合ったときにこの小さない板が間にあるとやっぱり距離を感じる。

「仕方ありませんねえ。寂しがりやのルリさまのために、このすずめがおそばにおります！　すぐそばに！」

「なっなんと……これすずめよ」

「あらかわいいわね」

「なんだか楽しそうね」

朝食を食べるだけなのにふふんと得意げな顔になったすずめくんに甘やかされてしまい、すずめくんよりも子供になったような気恥ずかしさがあった。そこに通りがかった紅梅さんと白梅さんが加わったので、私の両側がとても賑やかになる。屏風の向こうからは、うむうと何か唸っている声が聞こえた。

「ルリさま、これは紅梅が漬けたのよ」

「これは白梅が作ったのよ」

「さあさルリさま、召し上がっちゃってください。すずめがあーんして差し上げましょうか？」

「すずめッ！」

屏風の向こうからミコト様の声が聞こえたと思うと、ぽふんと音がして喋っていたすずめくんが消えた。そのかわりに、お膳のフチに雀がとまっている。クリクリした目とふっくらした丸い体を持つ雀だ。

「すずめくんが雀になった！」

　複雑な茶色のちんまりした小鳥はしばらくキョトキョトしていたけれど、やがてちゅんと鳴いた。それから身軽に飛んで屏風の上にとまったかと思うと、向こう側に抗議するようにちゅかちゅか喚いている。それに対してミコト様が返事をした。

「すずめよ、あまり余計なことを言わずしばらく大人しくしておくがよい」

「すずめくん……本当に雀だったんだ」

　しばらく文句を言っていたすずめくんはやがて再び飛び立ち、今度は私の手首に止まる。ふっくらと体を膨らませ、黒いつぶらな瞳がくりっと首を傾げてこっちを見上げた。小さな足の温かさ、きゅっと手首を握る感覚が伝わってくる。

「……かーわーいいー！　やばい。すずめくん可愛すぎ！」

「鳥はかわいいわね」

「花を食べるけどかわいいわ」

「可愛い～。お米食べる？　魚？」

ちゅん！　と鳴いたすずめくんに米粒をひとつ上げると、黒くて小さい嘴でもぐもぐと食べていくのがとても可愛かった。そっと人差し指を差し出すと、撫でろといわんばかりに茶色の頭をそれに押し付ける。小さな体の小さな羽根の感覚が、指先でふわふわ温かい。

「ふわかわパラダイス……」

「パラダイスって何かしら」

「素敵そうな響きね」

「ル、ルリよ……」

かわパラと朝食を堪能していると、ずっと黙って控えていためじろくんがボソリと呟いた。

「主様、何羨ましがってるんですか」

「ぅうう羨ましがってなどおらぬぅ‼」

突然の大声に文句を言うように、雀なすずめくんがちゅんと鳴く。

今日も平和な一日になりそうだ。

ごはんを食べ終わると、ぽふんと人間の姿に戻ったすずめくんから一息つく暇もなく追い立てられて散歩の準備をする。

「春の庭は毎日お掃除していますけど、花びらが多いですからお気をつけて」

「スニーカーだし平気だと思う」

「ご準備できましたか？　あそこで主様がずっと待ってるので、もう行っちゃってください」

「いってきまーす」

東の建物と主屋を繋ぐ廊下へと歩いていくと、ちらちら見えていた藤色が気付いてこっちにやって来た。

「お待たせしました」

「いや、わ、私も今来たところゆえな」

白々しいやりとりをしながら主屋を通り、建物の裏にある中庭へと降りる。

春の庭は四方を建物で囲われているといってもとても広くて、近くにある桜の木は色が濃く、遠くのものは白っぽく見えるほどだ。夏の庭と比べると緑もみずみずしくて明るい色をしているのがわかる。豪華な桜吹雪を二人だけで見ているのがもったいないと思うくらいの綺麗な景色だった。

ミコト様の横やや後方を歩きながらあちこち眺める。どこを見ても綺麗な風景しかない。

「ルリは、ここの暮らしには慣れたろうか」

「大体慣れたと思います。昨日、隣の部屋がいきなり違う部屋になっててびっくりしましたけど」

「うむ。ここは私の勝手であちこちよく弄るからな、現し世とは違って見かけと違うところもあるだろう。わかりにくくないとよいが」

「面白いので大丈夫です」

ここの建物は実際に入ってみると見た目より広かったり、明らかに間取りがおかしかったりするところがある。昨日は和式だったトイレが今朝には洋風に、しかも最新式の温かい便座に変わっていたし、割と何でもありなのだろう。

「ルリ、知っているか？　そこな池には鯉がおるのだ」

「あ、ほんとだ」

庭の大体中央にある広い池には大きな鯉が泳いでいた。縁の平たい岩に乗って覗き込んでみると、様々な色をした錦鯉が五匹ほどゆったりと尾びれを揺らしている。黒い普通の鯉も一匹いたけれど、見える範囲にはあとはカメがいるくらいだった。とても広い池に数匹というストレスフリーな生活をしているためか、どの鯉も立派なサイズである。売ると高そう。

「これを餌にやると寄ってくるぞ」

隣に立っていたミコト様がそっと乾物のお麩をくれた。

長い。

私の肘から下くらいの長さがあるお麩、どこに持っていたのだろう。

マジシャン的な光景を思い浮かべつつお麩をちぎって投げると、悠然と泳いでいた鯉がいきなり機敏になって寄ってきた。

「うわぁ……」

お麩を投げる度に鯉が大きい口を開閉させながら水面をゴボォと鳴らしている。結構迫力のある光景だけれど、慣れてくると面白い。しゃがんでお麩をやっているとミコト様も隣でしゃがんだので、ちぎったお麩を差し出す。

「ミコト様もあげますか？」

「うっ、うむ。やろう。共に」

相変わらず袖のカーテンを使い、顔を鉄壁の守りで隠しながらもミコト様がお麩を池に落とす。赤と白の綺麗な錦鯉が落とされたお麩をガポッと飲み込んだ。見ていると、ミコト様はバクバク動かしている口の中にお麩を上手く落としている。実際にやってみると閉じるタイミングで落ちたりして難しいので、ミコト様はエサをやり慣れているようだった。

鯉の口にお麩を命中させるのにしばらく集中していると、ミコト様がルリよと小さく私を呼んだ。

「なんですか？」

「その……そなたもここの暮らしを気に入ってくれているように思う」

「そうですね。よくしてもらって有り難いです」

「うむ。そこでだ、その、そろそろ我らももう少し、その……近付いてもよいのではないかと。もちろん！　いきなり馴れ馴れしくなどとするつもりはないが」

「はぁ」

ミコト様の遠回しな話しぶりにお麩を千切りながら相槌を打つと、しばらくもぞもぞ動いたり咳払いをしていたりしていたミコト様が決心したように口を開いた。

「ルリ、そなたがよければ、なのだが」

「はい」

「その……無理強いはしたくないが……私としては……その……」

ミコト様は中々本題を切り出さない。その間に撒いていたお麩はなくなり、鯉たちはそれぞれまた優雅に泳ぎ始めた。近くに残っているのは、ミコト様がもじもじと手元にある最後の一個を揉んでいるせいで降ってくるお麩の粉を必死で食べている黒い鯉だけである。

「できたら……そのぅ」

「とりあえず用件言ってみてください」

「うっ歌を！　そなたに！　贈りたいと！」

「え、歌？」

勢いに任せて声を出したミコト様は肩で息をした後、「だめだろうか……？」と小さくなりながら付け加えた。

「別にいいですけど、ミコト様、歌とかやるんですか」

「う、うむ！　手習い程度ではあるが、細々と作って本三冊くらいは」

「えっ自分で作ってんのすごい」

「いやいやそんな！　そんな素人のものゆえ！」

ミコト様は自分で歌を作っているらしい。シンガーソングライターとかいうやつなのだろうか。このお屋敷にギターはなさそうだけど、どうやって曲作りをしているのだろう。やっぱり琵琶とかかな。

「意外な趣味ですね。始めたきっかけはなんだったんですか？」

「いや、特にこれというものはなく……、書を読んで見よう見まねで」

「本だけで歌作れるようになるとかすごいですね」

「う、うむ……？　そうだな、私はあまり誰かと集うことがなかったのでな」

例えるなら、バンドに興味がない友達ばかりの中でひとり通販したギター片手に練習した感じだろうか。仲間がいない状態で曲を作れるくらいまで練習したならかなり好きなのだろう。そんなに没頭できるものがあるのは、あんまり熱中する趣味がない身としては羨ましい限りだ。

「すごいなぁ……ぜひ今度聞かせてください」

「えっ?! そんな、面と向かって直接はその……恥ずかしいというか……まだこう……我らとしてはまだほら」

「あ、馴れ馴れしかったですかすみません」

「いや! そうではなく! ここ、心の準備とかもあるゆえ、まずは文としてしたためようかと」

「なるほど」

確かにソロ練習からいきなり観客の前に出るのは恥ずかしいだろう。ミコト様はシャイみたいだし。でも私に贈りたいと言ったからには誰かに聞いてほしくなったのだろうから、心の準備が整うのはそう遠くないのかもしれない。きっとミコト様は近いうちに招待状を送ってくれるだろう。

「書いたらぜひ受け取ってくれるだろうか……?」

「楽しみにしてますね」

「そ、そうか。私も楽しみだ」

「でも私は別に歌とか作れませんよ」

「構わぬ。私がその、少しでも心の中《うち》を伝えられればと思うただけだからな」

それにしても、いくら気持ちを口で伝えるのは恥ずかしいからって、歌うという選択肢が出てくるのがすごい。

ミコト様、やっぱりちょっと変わってるな。神様だからだろうか。

私ならよく知らない人の前で歌うほうが恥ずかしいけど。しかも自作。ジャンルによっては微妙な反応しかできないかもしれないが、せめてちゃんと気持ちを汲み取れるように頑張ろう。

決意の宣言を無事終えたミコト様は、嬉しそうな様子でぼろぼろになった最後のお麩を鯉の口へと落とした。握られまくったそれは硬く小さくなっていたけれど、鯉はお構いなしに大きな口でゴボォと水ごと飲み込む。五十センチくらいの大きさの鯉はしばらく近くで漂っていたものの、やがて池を廻る群れへと合流していった。

「……そなたが来るまで私はここで朽ち果ててゆくのを待つばかりだった」

立ち上がって膝に落ちた粉を払っていると、ミコト様がそっと言った。

「永《なが》く人に忘れられていた私へ参ってくれたこと、嬉しく思う」

「え、あの、すいません、あんまり熱心にお参りしてたわけじゃなくて」

「ルリよ、わかっておる。そなたが謝ることなどない」

相変わらず袖で顔は隠しているけれど、ミコト様は微笑んでいるように優しい声を出している。全てを見透かすようなその声は、やはり神々しいという形容詞が似合うのだろう。

「私はルリの願いを叶えたいと思っていた。こうして、ルリの力になれることが嬉しいのだ。もしそなたの望む先に恐れるものがあれば、私が全身全霊をもってそれを取り払おう。相手がどのような者であれ、ルリが拒むのであれば近付けさせぬと誓おう」

「え、ミコト様……何か急にかっこいい……」

「急に……？」

「顔隠してるのにかっこいいです」

「そ、それは喜んでよいものなのか……」

複雑そうな声音で悩むミコト様を見ていると、本当に私のことを気遣ってくれていて、願いを叶えようとしてくれているのだとわかった。普段は頼りなくてどこか親しみやすいミコト様だけど、柔らかい日差しのように見守ってくれているような感覚がする。

「私の願いを聞いてくれてありがとうございます、ミコト様」

「うむ」

「ついでに質問なんですけど、やっぱり顔見られるのはイヤなんですか？」

「どこについでいるのかわからぬぞ、ルリよ！」

一歩近付くと、ミコト様はいい香りだけを残してずさっと二歩下がった。この辺は桜の花びらが落ちているので、後ろ歩きで歩くと滑りそうで危ない。

「イヤというか……そなたに見られたくないのだ。あ、いや！　別にそなたがどうこうという意味ではないぞ決して」

「じゃあなんで？」

「それは……その」

ミコト様は躊躇ったように口籠ってしまう。袖で隠されているので、黙っているとどういう気持ちでいるのかわかりにくい。

「じゃあ、今は聞くのやめときますね」

「うむ……、すまない」

「これから仲良くなったら、いつか理由だけでも教えてください」

「そうだな」

「じゃあとりあえず歌とかでコミュニケーションを図るということで」

「こ、こみみ……？」

「コミュニケーション」

「こみみけーしょ？」

どうやらミコト様は外来語が苦手らしい。頭にハテナを浮かべまくっている姿は失礼だけど面白かった。

その日はそれからごはんの時間になるまで、一緒に枇杷の収穫などをして私たちはこみみけーしょを図った。

こいのたより

　春の庭の朝は少し肌寒い。やうやう白くなりゆく山際は中庭を囲むお屋敷で見えないけれど、まだ日が見えていない空はグラデーションになっていて綺麗だった。夜露を溜めた葉っぱに濡らされないように飛び石の上を歩いて池の近くまで行くと、端の方でゆったりと動かずにいる鯉の姿を見つけることができた。その中の一匹、黒い鯉だけが元気にこちらへ近寄ってくる。

「お前は朝から元気だねえ」

　ガボガボと音を立てながら口を開ける鯉にエサをやる。紙コップに入っているのを傾けてバラバラと水面にこぼすと、水を飛ばしながらそれに食らいついていた。今あげているのはお麩ではなくて鯉用のエサで、前にミコト様にお麩だけだと栄養が偏るのではないかと言うと用意してくれたものである。

「これ食べると色鮮やかになるらしいけど、君は黒いしね……」

　水面に波立ってようやく起きてくる錦鯉組と比べて、黒い鯉は貪欲にエサを食べている。原種に近いほうが生命力が強いのだろうか。

「……食用じゃないよね？」

秋の庭から鹿の声が聞こえるという話をミコト様にした翌日、夕食に鍋が出た。赤身のお肉は美味しいけれど今まで食べたことのない味で、何気なく何のお肉か尋ねるとすずめくんが笑顔で「もみじです！」と答えたのだ。

もみじ肉というのは、つまり鹿肉らしい。キュンキュンと鳴いていた鹿が土鍋にインしていることを考えると、思わず遠いところに気持ちを飛ばしてしまった。

全部のエサを撒き終わって立ち上がると、黄緑色の着物を着ためじろくんがそっと近付いてきた。手には梅の枝をそっと抱いている。

「ルリさま」

「めじろくんおはよ。まだみかん採ってないよ」

「いいえ、めじろはこちらをお届けに参りました」

白い手に持っている枝をうやうやしくこちらに差し出してくる。赤い花のたくさんついた梅の枝の途中に白い紙が結んであった。

「主様からの文にございます」

「……ってね、貰ったわけですよお手紙を」

「素敵ね」

「ろまんなのね」

今日のオヤツは落雁である。スズメとメジロの形をした小さいお菓子は、口に入れるとほろっと崩れて甘い。東の建物の春の庭が見える部屋で私と梅美女ズはお茶タイムとしけこんでいた。

キャッキャとはしゃぐ紅梅さんと白梅さんがそれでそれでと促してくるけれど、私はそれ以上話すことがなかった。

「読めない」

枝にゆるく結んであった和紙を破かないように開いてみると、出てきたのは墨で書かれた縦書きの文章。草書とかいうやつだと思うけれど、私にとってはどう見ても筆の試し書きというか、曲線の練習というか、まあ、全然読めなかった。文字が上手なのかすらわからないのだ。どの文章を見ても、たまに何か漢字がある、あとは「し」をいっぱい書いてあるのかな？　くらいしかわからない。多分違うと思う。

「一番左に書いてあるのが多分、私の名前だと思う。それはわかった。その横が日付で、だからこの下のが多分ミコト様の名前？　みたい？　あとはもうぜーんぜん何を書いてるのかわかんない」

「ルリさまはいつもくっきり途切れた字を読んでいるものね」

「文を読むのが難しいのね」

梅に結ぶとかさすがミコト様は雅だなーとか思いながら開いた瞬間、くにゅくにゅした文字が並んでいた私の気持ちも考えてほしい。

全然解読できないまま、もうお昼過ぎである。

「読めないのは大変よね」

「読んで差し上げたいわ」

「あーうん……でもめじろくんがこれ恋文だって言ってたし……」

よくわかんないのでめじろくんにミコト様が他に何か言っていたか訊くと、「ここのところ悩みまくっていた結果捻り出された恋文です」とさらっと言われたのだ。

なぜいきなり恋文。

よくわからないけれど、本当に恋文なら他人にほいほい見せる訳にはいかないだろう。私が読めるようになるべきなのだろうけれど、くにゅくにゅしているくらいしかわからない状態から、どれだけ時間をかければ読解できるようになるのかすら見当がつかない。

「しかもミコト様、返事待ってるし」

「向こうから覗いているわねえ」

「じっと見ているわね」

「いやこれどないせいっちゅーねん……」

紅梅さんの枝っぽい梅はみずみずしく香りがついていて、和紙にも鼻を近づけると僅かにお香の香りがする。墨も滲んでいるところがなくて、多分素敵なお手紙なんだと思う。ただ、ミコト様は送る相手を間違えたよね。

「ルリさま、悩んでいるのもかわいいわ」

「ルリさまはそれでどうするの？」

「とにかくお返事を書こうと思う。わかんなかったという内容のお返事を」

「お返事ね！　素敵ね！」

「主様もきっと喜ぶわね！」

「私は紙を持ってくるわ」

「私は墨を摺るわね」

「あっそうか、筆という選択肢が」

手紙を解読できていない上に、その返事を筆で書かなくてはいけないというのはかなり憂鬱だった。洋服は着替えられるけれど、床や御簾などに墨を飛ばしてしまうと大変だ。私はとりあえず紅梅さんたちを止めて、自分のカバンを探ることにした。

「主様、ルリさまをお連れしました」

「うむ！　うむ。すずめは下がってよい」

ミコト様へ、「内容が全く読めなかったので、何を書いてあったのかヒマなときに教えてください」的なことを書いて手紙を送ったのが昨日のお昼。返事は数分で返ってきて、めじろくんが「では明日のお昼過ぎ頃に」と教えてくれた。

「ルリ、よく来たな。茶など飲むか？　菓子もあるぞ。楽に正座をするための椅子というのを用意させてみたが、足は痛くないか？　風は冷たくないか？」

「あ、色々と大丈夫です」

よく来たといっても、先程まで主屋の広間でおにぎりを皆で食べていたのでそのまま来ただけである。ミコト様があれこれ気遣ってくれるたびに、めじろくんが手足のようにテキパキ動いて、お茶だの正座椅子だのと私に差し出していた。

最初にミコト様と挨拶をしたのと同じ部屋だけれど、あの時よりも距離が縮んで、今日は私も御簾の中に入っている。とはいえ、相変わらず私とミコト様の間には立派な屏風がでーんと置かれていた。

今日は桜の木が描かれた屏風で、絵なのにちらちらと桜吹雪が舞っている。

「そ、その、私の文が届いたようで、その、ルリからも返事を貰えて嬉しく思う。私は歌は巧くはないが、あれはこころから詠めたと思えて……その……」

「ん？　あの、手紙にも書いたんですけど、私、あの貰ったやつ、読めなくて……」

「なんと?!　すまぬ、実は私もルリのものをまだきちんと読めていなくて……」

「えっ」

私の近くにいためじろくんが、「主様は横書きに慣れていませんので」と教えてくれた。

昨日、カバンから発見したレポート用紙とペンを見付けたので、筆で失敗するより伝わりやすいだろうとそれで書いたのだが逆効果だったらしい。

お互いに読めない手紙を送り合っていたとは笑える。

「今日来てもいいって言ってくれたので、てっきり読んだのかと」

「ルリさまがめじろに手紙を渡した時、会いに行く日時を手紙で訊いてるから決まったら教えに来てほしいと仰いましたので、そうお伝えしたのです」

「あ、そうだっけ」

「今様の書き言葉も漫画で学んでる途中なので、主様には少し難しかったようです」

「そうなんだ、割と変な言葉遣いとかしちゃったかも。ごめんなさい」

「ルリが謝ることなどひとつもないぞ!!　文を返してくれただけでも嬉しく……嬉しくて私はその」

分厚くて大きい屏風が間にある筈なのに、なぜかミコト様がもじもじしている様子が目に浮かぶ。

なんだろう、この人なんか私より乙女っぽいところがある気がする。

「その……文を送るなどしばらくしていなかったもので、しかも枝にくるなどと初めてのことで……ルリがどう思うかと……」

「あ、そうだ。それで内容がわからなかったので直接教えてくださいって手紙に書いたんですよ」

「ぬぇええ!!　そ、そ！　で、できぬ！　口に出すなどそんな!!」

屏風の向こうが激しくガタガタした。

何を書いたんだろうか。

「いや、読めなくて、でも誰かに読んでもらうのもアレだったので」

「そ、そうかもしれぬが、その、あれは夜半に書いたというのもあって、その思い出すだけでも恥ずかしく……」

「でもこのままだと返事もできませんけど」

「うぅ……か、構わぬ。もとは私がただ歌を詠みたいと思っただけでその、内容はその、まだ知らぬなら知らぬままで！　ルリが受け取ってくれるだけで私は！」

「はぁ」

送るだけで読まれなくてもいいというのは手紙の意味が無いと思うけれど、ミコト様はそれでいいらしい。

そして私はここで歌についての勘違いに気付いた。

歌は歌でも短歌とかそういうのだ。

そうだよね、現代文化に馴染みのないミコト様がマンドリンとか弾き語りするわけないよね。短歌なんて手紙以上にわからないけど、理解や返事は求められていないようなのでとりあえずは安心だ。

「じゃあの手紙は貰っとくだけにしますね」

「その！　ルリが嫌でないならこの先も送ってもよいだろうか？」

「え？　手紙を？」

「手紙をだ」

「読めないのに？」

「かまわぬ」

「私は別にいいですけど……」

「そうか！　よかった！」

それはじゃあわざわざ渡さなくても同じなのでは、と言うのはやめておいた。ミコト様がもじもじしながらとても喜んでいるようだったので。

心なしか、隣にいるめじろくんがつまんなそうな顔で外を眺めていた。

そんな感じで、二日と空けずにミコト様から手紙が届いている。

「今日は蝋梅です。冬の花です」

「これいい匂いだねー。紅梅さんたちみたいに蝋梅さんもいるの？」

「おりますが、蝋梅は外で働いているので」

「へェ〜」

黄色くて蝋を薄く削って作ったような可愛い花の香りが、朝が来たばかりの中庭に広がる。手紙は相変わらずくにゅくにゅしているとしかわからない。それでも貰いっぱなしというのは手紙を無視しているような気になるので、たまに私も勝手に返事を書いていた。

筆ではなくペンだけど、ミコト様が読みやすいように縦書きで、返事というかその日の出来事のような簡単な文章しか書いていない。

「めじろくんも朝イチで忙しいのにありがとね」

「朝の仕事はもう終わらせているので平気です。ルリさまが起きてすぐにお渡しするよう主様がうるさいので」

「読めないけどね」

「グゲェ」

「……今めじろくん何か言った？」

「めじろは何も言っていません」

「グゲェ」

私とめじろくんだけの庭に、何かよくわからない鳴き声が響いた。表情のほとんど変わらない美少年と思わず顔を見合わせる。そのまま二人で黙っていると、低くて濁ったような、潰されて思わず喉から出たみたいな声が聞こえる。

「グゲェー」

「……え、何？　カエル？　カエルとかいるの？」

「ルリさま、あれ」

めじろくんが白い指で指したのは、足元の池。そこの水面から顔を出してバクバク口を動かしている鯉である。

バチャバチャと集まっている錦鯉たちの中、一匹だけの黒い鯉が口を開けると「グゲ」とそこから音が出た。

「へぇー鯉って鳴くんだね。知らなかった」

「ルリさま、鯉は普通鳴きません」

「え⁈　そうなの⁈　じゃあなんでアレ鳴いてるの？」

ここに来てから割と私の知らなかった動物の生態などを目撃することが多いのでこれもそのひとつかと思ったら、めじろくんが冷静に否定した。

確かに常に水中で生きている鯉が鳴く意味もよくわからない。

「グゲェ」

「怖っ！　何？　エサ？　エサまだあげてないから怒ったの？」

紙コップに掬ってきた鯉の餌をばらまく前にめじろくんがやって来たので、まだ鯉は朝ごはんにありつけていなかった。それを恨んで執念で声を出したのではと考えると普通に怖い。

慌ててエサを水面にばら撒くと、鯉たちは暴れているかのように競い合ってエサを口に流し込んでいる。

「怒っているのとは違うと思いますが……」

首を傾げているめじろくんは、鳥のメジロがする仕草に似ていてとても可愛い。すずめくんとめじろくんはここの中でも位が高く、力も強いため自分の意思で人間と鳥どちらの姿にもなれるらしい。すずめくんの可愛さにノックアウトされた勢いでめじろくんにも鳥になってもらえるようにお願いしたら、スズメよりちっちゃくていつもの着物と同じ羽を持ち、目の周りが白くてとても可愛い姿になったのだ。その日から私のみかん収穫量が増えたのは言うまでもない。

「鳴き声は謎だし不気味だけど、でもまあここのお屋敷にいるものは危なくはないんだよね？」

「危なくはないというより、ルリさまは主様の護りがありますから」

「魚だし、池に入りでもしない限り襲われたりしないよね」

「ルリさま、このことを主様のお返事に書かれては？　めじろも報告致しますが、主様はルリさまの手紙で知ったほうが嬉しいでしょう」

「あっそうだね。返事に書く話題がひとつ増えた。これからみかん採りに行くけどめじろくんも来る？」

「みかんは好きです」

まだたまに「グゲェ」とか鳴いている鯉をとりあえずそのままにして、私とめじろくんはみかん狩りへと繰り出すことにした。


「グ……グゲェーガァ、グゲェガァアー」

最初は呻き声のようなものだったものが、数日でしっかり大きい声になっていた。

やっぱりこの黒い鯉、他となんか違う。

餌を撒き終わっても泳ぎ去ることはなく、池の側にいればじっと近付いてきて鳴き声を上げている。池の円周に沿って移動してもついてくるので、こっちに向かって鳴いているらしい。

「ね、鳴いてるでしょ？」

「鳴いてますねえ」

隣り合ってしゃがんだすずめくんが、黒い鯉の頭を小さな指でつんつんと突きながら同意した。

「これどうしたらいいの？　エサあげないほうがいいのかな？」

「グゲァ！」

「むしろあげたほうがいいんじゃないですか？　ほら、これ多分エーサーって言ってますよ。ね、エーサー」

「グゴェグガァ」

「ええぇ……無理やり過ぎない？」

「そんなことないです！　ほら、エ・サ！　言ってごらんなさい。エーサー！」

「グガァ」

　エサをチラつかせつつ、めじろくんは鯉の発音を正そうと試みている。ふくっとした可愛い男の子が一生懸命鯉に話し掛けている光景はとても微笑ましい。鯉が変な声を出していなければ。

「グゲァガァ、ゲーガァ……グェーダ、ゲーザァァ」

「うわ、わりとエサっぽい発音になってきてる。怖っ」

「きちんと発音するのですよ。ここで言の葉を得たからには、正しく主様にご挨拶できるようにするのです。綺麗に喋れるまですずめが教えます」

「グェザァ」

「エ・サ！　エーサ！　簡単ですよ！」

　意外に厳しいすずめ先生の熱血教育の賜物だろうか、その日が終わる頃には、黒い鯉は「゛エザァ」と鳴くようになっていた。ただグエグエ鳴いていたときより数倍怖いけれど、すずめくんは非常に満足そうだったのが印象的な一日となった。

「というわけで、庭の鯉が゛エーザー！　って鳴くようになっちゃいました」

「うむうむ。ルリは今日も頑張っていたようで何よりだ」

「いや私はエサをすずめくんに渡してただけですけど」

「うむ、それも立派な仕事だ」

　夕食の席でミコト様が褒めてくれたものの、私は特に頑張ってはいない。すずめくんは熱血指導でお腹を空かせたのか、十五穀米をもりもりと頬張っていた。

　今日のお肉は鶏肉の塩麹唐揚げである。実際の雀になれると知って「鶏肉は共食いでは」と不安になったけれど、すずめくんは気にしていないどころか鶏肉メニューは好きらしいので気にしないでおく。

　ふくっとした可愛い見た目に、美味ければなんでもいいという男前な精神を持ち合わせているのがすずめくんという生き物なのだ。

「この屋敷に長く身を置くと、たまにそうして人語を解するものが出るのだ。流石に魚が喋ったのは初めてだが、あそこの鯉はここへ来て長いからな。おおかたルリと喋りたいと思ったのであろう」

「ルリがその、もちろん魅力的であるというのはそのあれだが、そもそも人間というのは我々にとって特別な存在でもあるからな、そのもちろん私にとってルリはそれだけではないが」

「私か……」

「なんで人間が特別なんですか？」

「う、うむ、我らは人の目によってこそ姿形や性《さが》を定むるのでな」

私のハァ？　って顔から察したミコト様が、わかりやすくやさしく噛み砕いてくれた説明によると。

神や妖怪、幽霊とか呼ばれている存在というのは、人間がその存在を認識して初めてそれ自体が自覚を持つらしい。人に会うまでは非常にぼんやりした輪郭の曖昧な存在で、人が見る目を通して初めて自分というものを意識するのだそうだ。

お屋敷の中で季節を好きに変えたり日の出の時間をずらしたり、すごいことができるミコト様も、人間に参拝されなければ少しずつその姿が消えていくことになる。どれだけ力があってもそれは変えられなくて、人間は何にもできなくても、そうやって神様や妖怪や幽霊の存在を明確にすることができる。なんだか不思議な話だった。

昔は神様や妖怪のことを信じている人が多かったようだけれど、だからこそそういう存在がたくさんいたのかもしれない。

「じゃあ、ミコト様も消えちゃうかもしれないんですか？　だってあの神社、ぶっちゃけボロボロでほとんど知ってる人いないみたいだし」

「私を心配してくれるのか。大丈夫だ、ルリがいるからな」

「でも私一人だけですよ」

「一人だけでもよい。ルリは私に助けてくれろと願ったが、実のところそれを叶えて助けられたのは私のほうなのだ。私にルリを助く力があってよかった」

「でもほら、私そんなにちゃんとお願いしたわけじゃないし、あんまり宗教とかよくわかってないし」

「ルリが立派であるかどうかの問題ではない。誰かの願いを叶えて感謝を受ける。長らく忘れていたことを思い出させてくれた。私はそれがとても嬉しかったのだ」

別に、本当に神様に助けてほしくてお参りしたわけじゃなかった。

あの神社がある小さい森は薄暗くて、存在感がなくて、誰も入ろうとは思えないような入口で、だから隠れるのにいいと思って通っていただけ。ここに来ることになった日も、お義父さんに捕まりそうになってどうしようもなくて願っただけ。

そういう適当な気持ちだったのにミコト様が嬉しそうに言うから、なんだか私のほうがいたたまれない。その気持ちを察したのか、ミコト様は明るく付け足した。

「とにかく！　その鯉もきっとルリと喋りたい一心で声を得たのであろう。今度からエサをやるときにでも声を掛けてやると喜ぶぞ」

「エ゛エエェー、サアァー」

「ハイハイ。エー、サー、ね」

「ジ゛エェサハァ」

「なんか違う」

鯉のエサをポロポロ落としつつ、相変わらず不気味に喋る黒い鯉に返事をする。黒い鯉はエサを見せると口を開けて待つようになったので、そのままエサを口の中に放り込むという芸もできるようになった。

紙コップに残っていたエサの粉まで黒い口に入れると、手を払って立ち上がる。

「エ゛ザァ!!」

「今日のエサはもう終わりだってば。またあーしーた」

「エ゛エェザアァー!」

バチャバチャと水面を荒立たせながら喚く鯉の相手をしていると、いつまで経っても池のそばから離れることができない。お屋敷の中に入ってしばらくすると大人しくなるので、ここは振り向かずにまっすぐ帰るのがコツだ。

「あ、ルリさま」

「おっ、めじろくんおはよー。今日はゆっくりだね」

「主様が朝のルリさまを見て文の歌を変えるとかなんとかおっしゃって、墨を乾かしていたのです」

「ミコト様、マメだよね……」

気付かなかったけれど、またどこかの几帳から覗いていたようだ。

ボケというふざけた名前に反して可愛い花の枝についている手紙は、僅かにまだ墨の香りが漂っていた。

ミコト様から贈られた手紙はひとつ残らず開封しているものの、そのどれもが内容を理解できないまま白梅さんに貰った金箔押しの箱に眠っている。割と大きい箱だけれど、ミコト様はたまに一日二通とかくれるのでそろそろ手紙が溢れそうなくらいだった。

「なんかここまでくると読めないのが申し訳ないよね」

「よいのではないですか？　ミコト様もあまり読まれることを期待してはいないようですし。ルリさまが読めないからこそ赤裸々な歌を詠んでいるということもあるかも知れませんよ」

「赤裸々な短歌か……全然想像できない……」

途切れることなく書かれる文字をなんとか解読すべく、すずめくんや紅梅さんたちの休憩中に草書を教えてもらったりしているけれど、正直言って到底読めるようになる気がしないほどはかどっていなかった。

「ところでルリさま」

「なんですかめじろくん」

普段はみかんが欲しいとき以外は手紙を渡してスッと帰っていくめじろくんだけれど、今日は私の近くに座り込んでズイッと身を乗り出してきた。

「ルリさまは主様のこと、どう思ってらっしゃるのですか」

「どうって？」

「主様がしたためているのは恋の文ですよ。それをどう思われているのですか」

「いきなり突っ込んだ質問をするよね……」

ミコト様が私に送り続けているのは、いわゆるラブレターだそうだ。クールだけれどミコト様のお世話は細々とこなしているめじろくんは、主人の恋の行方についても気になっているのかもしれない。

「どうと言われても……、ミコト様は親切でいい人だと思うけど、まだここに来てそんなに経ってないし」

「いい人止まりということですか？」

「いやそういうことを言ってるんじゃなく、ほら、ミコト様は私に顔も見られたくないみたいだし、そんなにじっくり喋ったこともないわけだし、恋とかそういう段階じゃないのでは？　とも思うんだけど……」

何度かあのボロボロ神社に行ったことがあるからか、ミコト様は私のことについていくらか知っているらしい。私の状況も、どうしてそうなったかも知ってるような感じがする。

逆に、神様の存在すら信じていなかった私はミコト様のことをほとんど知らないのだ。毎食顔を合わせているといってもミコト様は食事するときは基本屏風の向こう側だし、屏風なしだとしても鉄壁の袖で顔を隠している。

「顔は……、主様は、ルリさまにだけは見てほしくないのだと思います」

「めじろくんは見たことあるんだね」

「めじろはずっとお側に付いていますから。めじろは、ルリさまが主様の顔を見ても気になさらないと思います。けれど主様は、お顔についてとても難しい気持ちでおられるので」

「そうなんだ」

ミコト様が顔を見せないのは、なんだかワケありらしい。

「元よりお優しいお方ですが、主様は、特にルリさまのご迷惑にならないようとても気を使っていらっしゃいます。お顔を見せぬのもそのひとつです」

「迷惑なことなんて全然ないけど」

むしろ私はミコト様に助けてもらって、美味しいご飯や暖かい布団も用意してもらって有り難いことしかない。

ただ親切にしてもらっているだけというのも心苦しくて、もし私で何か力になれることがあれば力になりたい。けれど、恩返しとかそんな気持ちで恋愛に応えるなんて、私がミコト様の立場だったらイヤだと思う。

振ったらここを追い出されるかもしれないとか、ごはんを食べさせてもらってるんだからとか、そういうことを考えてしまうようであれば、それは恋愛とはいえないし絶対にお互い後味の悪い結果になると思う。

「もうちょっと、ミコト様と仲良くなれるように頑張ってみる。それから考えたいと思うけど、それでいいと思う?」

「ルリさまがきちんと考えてくれてめじろは満足です」

「うん」

こくんと頷いためじろくんは可愛い。すずめくんもそうだけど、自分のことを名前呼びしているのがとても可愛いのだ。

「ちなみに主様の素顔はいけめんです」

「ほほーぅ……」

ちょっと耳寄りな情報を残して、めじろくんは帰っていった。

「というわけで遊びに来ました」

「というわけとはどんな……あっ」

仕事が一段落ついたらしいお昼前に、私はめじろくんに案内されてミコト様の部屋へとお邪魔した。お茶を飲んでのんびりしていたミコト様は私が来ることを知らなかったらしく、ブホッとむせつつ華麗に袖で顔を隠すという早業を披露し、もじもじしているせいで湯呑みやら硯やらを倒しまくる。スーパー有能美少年めじろくんが素早く掃除して机ごとミコト様から遠ざけ、代わりに脇息《きょうそく》とかいう腕置きを差し出したものの、広い部屋の端に寄せられている屏風を持ってくる様子はない。

「きゅ、急に……嬉しくはあるが、その、私にも心の準備というものが」

恥じらいつつ屏風を持ってきてほしそうにチラチラしているミコト様は、見た目は立派な男性のはずなのにどこか乙女チックだった。

「お邪魔でしたか？」

「邪魔ではない！　邪魔ではないのだが、そんな、来るとは思っておらぬから、ほら服も香もその辺のものであるし」

普段会ってるときとの違いが全然わかんないんで大丈夫です。

というと落ち込みそうなので黙っておく。その前に、私もデニムで神様に会いに来たのは流石にどうだろうと思えてきた。

「私もすごい適当な服でごめんなさい」

「そんな意味では！　その、ルリはその、似合っている、と、私は思う……」

「ありがとうございます。ミコト様の服もいいと思います」

「う、う、うむ、うむ……ちょっと待ってほしい」

左の袖で顔を隠したまま、ミコト様は右手で懐から小さい箱みたいなのを取り出した。そこにはちっちゃい筆と墨汁の入ったミニ壺みたいなのがあって、同じく取り出した懐紙に何かサラサラと書き付けている。三枚ほど書いたところで、ミコト様はふうと溜息をついて筆を置いた。

仕事か何かだろうか。

「すまぬ。何やらもうどうしていいかと気持ちが動転して」

「いえ、私こそなんかすいません」

「それでその、そう、私とその、その……」

「仲良くなりたいと思いまして」

「そそそうかそうだなそれもよいことだとおお思う！　そのあれであろう、こむ、こむみ……こみけ……」

「コミュニケーション」

「それだ、こみむけーしょん」

うむうむと頷いているミコト様はカタカナを微妙に間違っているのがちょっと可愛い。すずめくんやめじろくんは現代語も特に違和感なく使いこなしているけれど、紅梅さんとか白梅さんとかはたまにナニソレみたいな言葉を使うこともある。この間も餅のことをオカチ？　オカチン？　とか呼んでいてしばらく話が通じなかった。

「それで、コミュニケーションって具体的に何をすればいいんでしょうかね」

「えっ⁈　そ、……そ！　いや、その、」

「一緒にご飯はもう食べてるし、ゲームとか？　というかミコト様って普段ゲームしますか？」

「げえむ」

「えーっと、遊び？」

「遊びか……うぅむ……ルリは女子《おなご》であるから、貝合わせや州浜《すはま》などだろうか？」

「すあま？」

「いや、州浜だ。これほどの台に小さい橋や花鳥をあしらって風景を作る」

「あぁ、ジオラマみたいなやつですね」

「じお……？」

曲線の凹凸が雲みたいな形を作っている木製の台に、ミニチュアの船とかカメとかを配置していく遊びらしい。めじろくんが用意してくれたので、私たちはとりあえずそれで遊ぶことになった。

「わー、ちっちゃいのに細かい！　可愛い～」

「ルリはこういうのが好きか？　ひいな遊びの調度も持ってこさせよう」

ひいな遊びというのは、ひな祭りで飾るようなものを使ってごっこ遊びをするためのものらしい。うちのお雛様は一対の雛人形と台座しかないものだったので、段飾りがある友達が羨ましかったのを思い出した。

「可愛い！　これちゃんと動くんですね」

「うむ、牛車はそれ、後ろの御簾も開けるとよいぞ」

「わ～細かい～」

内側までちゃんと作られている牛車、いつも使っているのをそのまま小さくしたような布を使った几帳もある。

「これも可愛いから載せましょう」

「うむむ……ではここに梅を植えるのはどうか？」

「いいですね。これ紅梅さんの梅？　じゃあ白梅さんのはこっち。この山の上で咲いてるんです」

「なるほど、牛車は花見へゆくのだな」

おままごとっぽいけど、小物がとても精密に作られているので結構楽しい。台はそれほど大きくないので私とミコト様は近付いて座ることになり、ミコト様の不思議でいい香りがしていた。ミコト様はたまに何かメモしていたけど、段々と熱中してくるうちに筆も置きっぱなしになる。

「この庭の縮尺だとカメすごいでかいですね」

「そう言われればそうだな……鶴も少し大きいか」

「私は鶴見たことないんでわかんないです」

「たまに冬の庭へ来るが、このくらいはある」

「でかっ」

ジオラマに向かい並んで喋る感じになるためか、ミコト様も段々緊張が解けたようだ。私たちはあれこれ庭を作りながら色々と喋った。洋食に白米をつけてもオッケーなラインとか、前のお風呂はどんなんだったのかとか、他愛もない話ばっかりだけれど、前よりもお互いに喋りやすい雰囲気になってきているような気がする。

「そろそろお昼ごはんですね」

「うむ、めじろがいないので、準備に行っているのだろう」

「お片付けしますか？」

「いや、このままで……」

「エ゛エェザァ!!」

そろそろ移動するか、みたいな雰囲気で立ち上がった瞬間、聞き覚えのある声が聞こえてきた。

中庭とは反対の廊下から。

「゛エェ……」

部屋の開けてある襖から覗く廊下の向こうに、びちゃっ、びちゃっ、と濡れた音が響き渡る。

私とミコト様は袖で作られたカーテン越しに目を見合わせ（?）てから、廊下を見つめた。

「エ゛エェー……ザァー……」

「ゾンビみたいな声ですけど、あのあれ、鯉の声ですよね？」

「そのようだな」

「近付いてきてますよね？」

「そのようだな……」

びちゃびちゃと廊下を濡れ雑巾で叩いているような音が近付いてくるけれど、鯉は普通歩けない。

「うぅむ……長く修行すれば自力で人の姿を得る者もいるが……」

「鯉が人になった姿……」

黒っぽく、口はガボガボ開閉して、瞼がなく虚ろな視線。そして結構なデカさ。

あの鯉が人間っぽくなるというのが想像できない。すずめくんやめじろくんは鳥だった頃の可愛い雰囲気をどこかしら残しているけれど、鯉もあの若干不気味な雰囲気を残した姿になるのだろうか。

「ヹサァ……ゥヾルウゥヾリーィィ!!」

「え、ちょっと今私の名前みたいなのを」

「呼んでおるな……」

びちゃっと音を立てながら近付いてくる声が、ルリと発音したそうな声を上げている。陸上に慣れていないせいか歩みが遅く、姿がまだ見えないのがまた不気味さを倍増させていた。

ミコト様を盾にするように後ろに隠れると、大きな背中がングゥと噎せていた。

ミコト様も怖いのはダメなのだろうか。神様なのに。

逃げるべきか迷ってるうちにびちゃびちゃと音が響いて、とうとう部屋のすぐ近くまで迫ってきた。

「ヾルゥウリィィー、ヾエェェサー!!」

びちゃん、と音がして、部屋から見えている廊下へと姿を表した鯉。

そう、鯉だった。

どこも変化することなく鯉だった。

「……鯉じゃん!!」

黒い鯉は、「゛エゥ……」と声を漏らしながらパクパク口を開閉させ、ビタン、と身を跳ねさせる。水揚げされた魚そのものだった。

「みみみミコト様!! 鯉、水!」

「う、うむ! 誰ぞー! 大桶を持て!」

「はぁい」

とてとてと大きな桶を抱えながら走ってきたのはすずめくんだった。お仕事の途中だったのか、いつもより汚れてもよさそうな布の着物で、袖をたすき掛けにしているし、足元も高い位置で括って膝から下は裸足である。

「うわぁ、なんですかコレ!」

「あのね、なんか鯉がここまで来ちゃったらしくて」

「もう! こんなに汚して!! 掃除は誰がすると思ってるんです!」

「あぁそっちなんだぁ……」

廊下を跳ねて移動した結果、水の跡が点々と残っているのを見て、桶を置いたすずめくんがぷりぷりと雑巾を取りに行ってしまう。

「ミコト様、このまま入れて運んで大丈夫ですかね？」

「ルリよ、しばし」

　空の桶にミコト様が右手をかざすと、桶の底がゆらりと歪んで水が盛り上がる。やがて桶はたぷんと充分な水で満たされた。

　おお、と思わず拍手するとミコト様はもじもじ照れ、鯉がビタンとジャンプする。

「じゃあ、この鯉を中に……うっ……」

　どこを見ているかわからない目、大きい鱗がびっしり並んだ体、口を開閉するたびに動くエラ。パクパクしている口からは、断続的に「〝エサ……」とか「〝ルゥ〝リィ……」とか漏れ出ている。

　思わず戸惑うと、代わりにミコト様が頼もしくむんずと尾ビレの根本を掴んで桶へと入れた。横倒しになっていた鯉は水面を波立たせながら身を起こし、狭い桶の中で二周ほど円を描いた。

「ミコト様……」

「うむ」

「手、拭いたほうがいいですよ。生臭くなるし」

「うむ……」

戻ってきたすずめくんが、抱えていた水桶と手拭いでテキパキとミコト様の右手を拭って去っていく。

私とミコト様が覗き込む中、黒い鯉が水面に口を出して「エ゛サァ」と鳴いた。

ちゃぷちゃぷと桶の水面を時折波打たせている黒くて大きい鯉。

黄土色っぽい平安貴族っぽい服を着て袖で顔を隠しているミコト様。

そして私。

「……」

三つ巴には荷が重い。

「゛エー……サァ。゛ルゥーリィー……」

「ミコト様、エサが欲しいみたいですよ」

「そうだな……麸を持って来させるか」

「それ以前に池に返したほうがいいんじゃ、というか、なんでこっちから来たんでしょうか」

ミコト様のいる部屋は主屋の中でも最も大きなところなので、北側には縁側っぽいのを挟んで池がある中庭がある。けれども鯉がやって来たのはそことは反対側の廊下からだった。

「うむ……もしかすると、鯉はルリを追ってきたのではないか？　その、ルリは朝に池でエサをやり、一度自室へと戻るであろう。そこから足取りを辿ってきたのであればあちらから来ても不思議ではない」

「その通りでしたよ!!」

「あ、すずめくん」

掃除のために廊下に行っていたすずめくんがぷんすかしながら部屋に入ってきたかと思うと、そのまま勢いよく桶の中に手を突っ込んでぐわっと鯉を掴んだ。

「こらっ！　お屋敷をもうあっちこっち汚して！　謝りなさい！　それから主様にご挨拶なさい！」

「ェ゛エェザァアア！！！」

すずめくんが掴んだ鯉がビタンビタン暴れるせいで、桶から水が溢れている。ミコト様がオロオロと手を彷徨わせつつ、まあまあと宥めたり、手拭いで水を拭き取ったりしていた。どちらが主なのかよくわからない光景になってしまっている。

すずめくんの両手によって空中に持ち上げられてしまった鯉が、ビクビク震えながらパクパクと口を動かしている。

「ァ゛ア……゛アァ゛ル……ジイィ……」

「主・様、でしょう！」

「゛ア゛ル……゛ア……゛ルゥ゛リイィ!!」

「いやなんで私の名前に……」

「まったく！　物覚えの悪い鯉！」

「す、すずめ……そのへんで放してはどうか」

「主様は甘いです！　すずめはお屋敷に仕えるものを取り仕切っているのですからね！」

　ふくっとしたほっぺを更にプクッとさせて抗議しながらも、すずめくんは渋々鯉を桶に戻す。ミコト様がやんわりと諭してくれたおかげで再び泳ぎ出した鯉は、すいすいと桶を廻るとすずめくんの説教をすっかり忘れたようにエサだのルリだのと呟いていた。

「東から渡り廊下を通ってこちらまでずっと水跡が続いてました。今拭かせていてあとで香も焚かせますけど、お昼どきですし先にごはんを終えてからのほうがいいと思って」

「大儀であったな」

「めじろがお台を急かしてます。できたらお二人様も早く食べちゃってくださいね」

「うむ」

「すずめくん、鯉はどうする？　お腹空いてるみたいだけど」

「朝沢山食べてるんですから、エサをやる必要はありませんよ。エサをくれろと言えばルリさまが構ってくださるから、そう言っているだけです」

すずめくんはそう言って、「ヹサァ、ルゥリィ」と騒ぐ鯉にも「お黙んなさい」と一喝していた。ほんわかくりくりの可愛い少年なのに、締めるときはピシーッと締める、すずめくんはギャップ系男子である。

「ルリが来る前は私がエサをやっていたというのに、私にエサをくれろとは言わぬのだな……」

「ミコト様……」

「ヹェサ……ク……レ゛エ……、ルゥ゛リィ……」

ミコト様はちょっとしょんぼりしているというのに、鯉はお構いなしだ。

「あの、もしあれだったらエサやり係代わりましょうか？　もともとミコト様がやってたんだし」

「うぅ、うぅむ……」

正直、お屋敷をビタビタ跳ね回られるほど懐かれても困るので、ミコト様がやりたいと言うなら私も嬉しい。けれどミコト様の返事は唸っているようなものだった。

やっぱめんどくさいのかなと思っていると、すすっと寄ってきたすずめくんが私を肘で突きつつこしょこしょと耳打ちしてきた。

「え？　あぁうん……ミコト様、毎朝一緒にエサやりしませんか？」

「う、うむ‼　それはよい考えだ！　明朝からぜひ早起きしようと思う！」

「いや、あんまり早すぎると私が無理なんで普通でいいです普通で」

ぱっと声を明るくしたミコト様が袖の向こうで元気に頷いていた。

ミコト様、わかりやすい正直な人だ。ババ抜きとかめっちゃ弱そう。

「さあさ、ルリさまお昼の前にお着替えしましょうね。水滴が飛んでしまっていますから。主様も。よおく手を洗ってくださいねぇ」

「うむ。ではルリ、後ほどな」

「はーい」

すずめくんに追い立てられながらバイバイと手を振ると、ミコト様も手を振り返してくれた。ハプニングもあったけど今日は結構喋ったし、割とミコト様とも仲良くなれたのではないかと思う。

まだまだ恋文に応えられるほどではないけれど、ミコト様とはもっと仲良くなれるかもしれない。

ピカピカに掃除された廊下を通って部屋へと帰りながら私はそう思った。

くらやみでくらくら

何もすることがない。

基本的に、すずめくんたちはそれぞれに仕事がある。めじろくんはミコト様の身の回りの世話をしているし、すずめくんは私の世話の他にお屋敷の切り盛りをしていて忙しい。紅梅さん白梅さんは家事の監督をしているし、他の人もそれぞれ食事の支度や掃除などを沢山こなしている。

つまり、暇人は私だけである。

「散歩して来ますねー」

外へ出る階段を降りてちりめん鼻緒の下駄をつっかける。

今日はもうみかんも収穫したし、鯉の餌もやったので目的のない散歩だけれど、幸いこのお屋敷は普通じゃないのでそれほど退屈になることはないだろう。

どっちに行こうかと考えて、ガタンと大きな音がした。振り向くと、今降りてきた縁側、その少し離れたところにいつのまにか几帳が置かれている。大きく傾いた几帳は、ガタガタと慌てたように体勢を立て直した。揺れた布の向こうから「あなや」とか「いたた」とか聞こえてきている。

訂正。暇人は私だけではなかったようだ。

「ミコト様」

「あっ……、うむ、ルリよ。このように出会うとは、なんとたまさかな」

薄ピンクの布の向こうから出てきたミコト様は、顔を袖で隠していてもわかる白々しさだった。ちょうど桔梗が見頃かと、この几帳はたまたま見つけて、とあれこれ言っているけれど、ものすごく慌ててるところを見るとどうやら私の様子を窺っていたらしい。

「ミコト様、一緒に散歩しませんか？」

「えっ?!」

「もし暇なら」

「ひっ暇ぞ！　とても！」

かなり力強く言われたけれど、とても暇なのは神様としてどうなんだろうか。外側が誰も来なさそうなぼろぼろの神社なので、暇というのも頷けるけれど。

ミコト様はそんなことは気にした様子もなく、いそいそと寄ってきて庭に降りる。履物がないのに、と思ってミコト様の足元を見ると、鼻緒の色が私とお揃いの下駄を履いていた。いつの間に。

「では行くか」

「はい」

ミコト様がうむうむと嬉しそうに頷いていた。その隣に並んで庭を歩く。ミコト様からは、やっぱり不思議な香りがした。

「朝顔、ゴーヤ、へちま、なんとか朝顔、ちっちゃいヒマワリ、ケイトー、……なんとか草、はまなす」

たまにすずめくんが庭で草木の名前を教えてくれるので少しずつ覚えた。それでも半分くらいは忘れている。咲いている場所がたびたび変わるせいだと思う。食べられるものや毒のあるもののほうが覚えやすいのはやっぱり実用性があるからだろうか。

ミコト様にたまに訂正されつつ、私たちは夏の花を見て回った。明らかに洋風の花は、ミコト様でもよく知らないと首を傾げている。神様でもわからないことがあるのだと思うと、ちょっと親近感が湧いた。

「あれ？　なんか見たことない……蔵？　がある」

夏の庭から秋の庭へと変わる屋敷の北東、その角に蔵があった。

街角で古い家にあるような上半分が白い壁で下半分が黒く煤けた木の壁、瓦も黒っぽい銀色のものだ。このお屋敷の建築形式と比べると新しそうな感じである。いわゆる土蔵というやつだろう。

蔵は二階建てらしく、上の方にある小さな窓も、下の方にある出入口の扉も開かれていた。明るい昼間なので影になっている中はよく見えない。

このお屋敷はミコト様の力でよく新しい部屋が出現したりしているけれど、この蔵は見たことがなかった。

「この建物、昨日まではここになかったですよね」

「うむ、あれこれ入れたる蔵ゆえ、時折風通しに動かしておる」

「へえ。中は広そうですね」

「入ってみるか？」

左の袖で顔を覆ったまま、ミコト様が蔵の方へと近付く。両開きの黒い扉に右手で触れてから振り返った。それに促されるように私も近付く。

「私が入ってもいいんですか？」

「構わぬ。古いものが多いゆえ、ルリにはつまらぬかも知れぬが」

蔵に入った経験なんて、小学校の社会科見学くらいだ。心配そうなミコト様とは裏腹に、私はちょっとわくわくしながら下駄を脱いで中へ入った。

蔵の中は扉から光が差し込んでいる四角い部分だけが眩しく光っていて、内部の様子は真っ暗でほとんどわからない。床は板張りで、うんと磨き込まれてつるつるに光っていた。じっと暗いところを見つめていると徐々に目が慣れて、物が沢山並んでいるらしいことがわかる。

蔵の中は、さっきまで夏の庭にいたせいで汗ばみかけていた体がすっと冷えるほど涼しい。分厚い壁と床が熱と光を遮断して、しんと静かな空間を作り出していた。

私は中へと進みながら、圏外だけどなんとなく習慣で持ち歩いていたスマホのライトを点ける。台所にあるコンセントを借りて充電しているので、バッテリーの心配はないはずだ。

「うっ？　なんと明るい……ルリよ、いつの間に灯明《とうみょう》を」

「スマホですスマホ」

「すまほ？　今様の灯明か、かように小さく眩《まばゆ》いとは」

ミコト様は感心したように声を上げていた。ロウソクの火と同じサイズなのに中の様子がはっきりわかるほど照らされているので、確かに光量は多いのだろう。ミコト様の言うトウミョーがどれくらい明るいかはわからないけど。

「わー、重要そうな文化財が……」

周囲を照らしてみると、さまざまなサイズの箱が置かれているのがわかる。小さいものは棚に並べられ、大きいものは立て掛けられていたり、そのまま床に置かれていたりした。

箱に入っていないものも多いようだ。ミコト様が普段使っているような屏風はそのまま手前に置かれているし、棚に置かれている風呂敷に包まれているものは、どう見ても壺の形をしている。柳行李もいくつかあった。

奥の隅に、上階へと続く階段が付けられている。階段は人一人通るのが精一杯の狭さで手すりもない。ただ木の板を地面と水平に取り付けただけのちょっと丈夫な梯子という感じだった。傾斜も急で、段も隙間が大きい。

息を吸うと僅かに埃っぽい臭いがするけれど、口を覆うほどでもないし足もザラザラしていない。定期的に掃除の手が入っているのは明らかだった。

「物がいっぱいありますね」

「うむ、あれこれと集まりやすいからな」

ところで、私はこういう暗くて見慣れない状況だとなぜか怖い映画のＣＭを思い出してしまう癖がある。

大体こういうところに入ると勝手に扉が閉まって大変なことになるのだ。序盤の脇役に最適なシチュエーションである。叫び声とか上げつつ暗転して、あとで主人公とかがウワッて顔で発見してくれる感じだろう。

例に漏れず想像してしまいちょっと怖いかな、と思った瞬間、背後からかたん！と音がして飛び上がった。

手元が揺れたせいでスマホを取り落とし、視界が暗くなる。

「え、怖」

「ルリよ、大事ないか？」

「びっくりしました。今の音、ミコト様ですか？」

「いや、私は何も触ってはおらぬ」

足元に落ちたスマホを拾い上げてミコト様の後ろを振り返る。ライトで照らし出したそこには、大きな箱の上に片手で持てるくらいの箱が横に倒され、蓋と中身が床に転がっていた。

「棚から落ちた、のかな」

周囲を見回してもミコト様の他には誰もいない。真っ暗な上にびっくりした直後なので、ライトを周囲に巡らせて人の気配を確認するのがちょっと怖かった。

なんとなく一歩ミコト様の方へと近付くといい香りがして、ちょっと落ち着く。匂いだけで落ち着かせる効果があるとはさすが神様だ。

物に囲まれた空間は、相変わらずしんと静まり返っている。光を落ちたものの方へ戻すと、箱の中身が鮮やかにきらめいた。

「あ、可愛い」

床に転がっていたのは鞠だった。何種類もの鮮やかな糸で複雑な模様を作り出している綺麗な鞠である。濃いピンクに紫、薄ピンクに黄緑色などのほんわかした色なので、よくわからないけど多分春の色目というやつだと思う。高そうな糸が球体を形作っていて光に優しく反射していた。

「落ちて転がったのかな。これ素手で触っていいやつですか？」

「うむ、かまわぬ」

ミコト様は普通に頷いてくれたけれど、古い物ならあまり汚さないほうがいいのかもしれない。

ケースを使ってスマホを棚の上に立てかけておき、できるだけ指の先だけ触れるように鞠を持って箱に入れる。豪華な糸を使っているけれどそれほど重量はなく、鞠はころりと収まった。蓋を閉めた箱は、元はどこにあったのかわからないので大きな箱の上にわかりやすく置いておくことにする。

再びスマホを手に取ると同時に、ぎぎい、と大きい音が聞こえた。

「え、うそうそうそ」

「これは……」

分厚くて重そうな扉が軋みながらゆっくりと動いている。両開きが左右から同じ速度で距離を縮め、差し込む光を徐々に細くしていた。

「怖ー!!　待ってやめて助けてー！　ミコト様ドア閉まっちゃうー!!」

「ああ、待てルリよ、危ないぞ」

ぎいいい、ごとん。

叫びながら走って出ようとしたけれど、扉に近付いた頃にはもう通り抜けられるほどの隙間はなかった。重い扉は押しても止まることなく、踏ん張った足がつるつるの床をじりじり後退していく。

眩しい光の中に包まれる夏の庭が、細くなってやがて闇に閉ざされた。

「なんでー！」

「ルリ、ルリよ、しばし落ち着かぬか」

後ろからそう言っているミコト様も、なんかオロオロしているので説得力がない。ばんばんと扉を叩いてみるけれど動く気配もなく、ついでに叩いた音が響いている感じすらしない。真っ暗で肌寒くて不気味な空間に、スマホのライトだけが光っていた。けれど、もうこれを使ってあちこち見て回る気にはとてもなれない。

なぜなら、どう考えても私の後ろから音がしているからである。

かたーん、とん、とんとん……

「……み、ミコト様、今の音はミコト様が立てたんですよね。ドア閉めたのもミコト様なんですよね」

「いやその、すまぬルリよ、私ではない」

「ミコト様のせいだって言ってください。嘘でもいいから」

「ルリよ、よく聞いてほしい。この蔵にはな、」

ミコト様が何かを言おうとした瞬間、すす、と足首に何かが触れた。

「何ー?! 今何かいた!! ミコト様、ここおばけがいます！」

「ルリよ、そうではなく……」

足をジタバタさせつつ横に移動する。それと同時にまた足に触れる感覚がして、つい声を上げた。その場から離れようとした際に、何かを踏んでしまって体が後ろへ倒れる。腕が棚に当たった感覚がした。

「あっ」

「ルリ!!」

手から落ちたスマホのライトが、こっちに向かって手を伸ばす姿を照らし出す。

私に向かって両手を思いっきり伸ばしたミコト様と目が合った。

黒くてまっすぐな瞳。

そう思った瞬間、体が揺れてぎゅっと目を瞑る。様々な大きさの物が床に当たる音が聞こえた。

「いっ……たくない？」

思いっきりぶつけると思った後頭部に痛みはなく、冷たいはずの床板なのにどこか温かい。仰向けに倒れた体は肘を少しぶつけたくらいでどこにも怪我がないのがわかった。その代わりに、なんだか重い。

衝撃に備えて強張っていた体から、少しずつ力が抜けていく。ゆっくり目を開けると、耳のすぐ近くでルリ、と囁く声が聞こえた。

「ルリ、ルリよ、怪我はないか」

「……みことさま?」

「痛むところはないか」

重いと感じたのは、私の上にミコト様が倒れ込んでいたからのようだった。体重が全て掛かっているわけではなく、膝と肘をついて重さを逃している。その両手は私の体の横から、頭の後ろと背中に差し入れられていた。

怪我をしないように助けてくれたらしい。

「大丈夫です」

「そうか、よかった。ルリに何かあればどうしようかと」

ミコト様が大きく息を吐き、そっと私の下から手を抜いて体を起こそうとする。肘をついていた距離から手をついている距離に離れて、そこで私は気付いた。

転がったスマホがミコト様の姿を照らしている。その袖で隠していない素顔を。

「ミコト様、顔が」

口を開いた瞬間にミコト様の顔色がさっと青くなった。その瞬間にふっとライトが消え、閉め切った蔵の中なのにごうと風を感じる。

とっさに瞑った目を開くと、ミコト様の気配はどこにもなかった。

真っ暗すぎて、何も見えない。手探りでスマホを見つけ出したけれど、どこを押しても画面すら光ることはなかった。ずっとライトを点けていたのでバッテリーが切れたのだろうか。

「……ミコト様？」

風とともに体に感じていた重さが消えてから、周囲はしんとして物音ひとつ聞こえない。体を起こして座り、周囲に手を伸ばしてもミコト様はいないようだった。

「ミコト様、いますか？」

とにかく真っ暗で自分の指先も見えない。返事のない空間はさっきよりも寒く感じた。目を開けても閉じても変わらないような暗さで、今見た光景が浮かんでくる。

最初に見えたのは白い右頬。無駄な部分を削いで磨かれた彫刻のような曲面に薄い唇がすっと載って、その周囲を顎の輪郭が美しく走っている。そこから瞬いた黒い睫毛に視線がいって、一重で冴えた瞳とかち合った。

吸い込まれそうなほどに澄んだ黒い目。

誰もが見惚れるような美しさだけれど、それより目を引くものがあった。

「ミコト様ー、近くにいますかー、返事だけでもしてくれませんか」

返事はない。けれど代わりに、カタカタカタカタ……とわずかに何かが震えるような音が聞こえてきた。

忘れてた恐怖が蘇って一気に背筋がゾワっとする。

周囲を探ろうと伸ばした手を引っ込めて固まっていると、ぽっ、と明るくなった。

目をやった先には、灯台がある。岬にある大きなやつじゃなくて、黒い漆塗りで細長い台に、周囲を紙で巻いて火を照明に使うためのもの。時代劇とかで見るそれが火を点けた状態で蔵の中心にぽつんと立っていた。ゆらりと火で揺らめく景色にやっぱりミコト様はいない。

というか誰もいない。

「だからこわいってこれー！」

「ほっほっほっほ……これこれ、そう驚くでないぞ」

「誰かいるー！　いやあああこんにちはあああ」

すぐそばでおじいさんの声が聞こえてきた。もう駄目かもしれない。

「これ、これ。何も怖いことありゃぁせんよ」

「いやもう今絶賛怖い中だから。ミコト様どこー！」

「ようく見てみなされ。ほれ灯りや、近付いておやり」

おじいさんが声をかけると、ガタガタと音がして明かりが揺れる。灯台がひとりでに動いていた。左右に揺れながらちょっとずつ進んでいるけれど、火の点いた芯が載っている受け皿には灯油が入っているので見ているほうがハラハラする。

「いやおかしいでしょこれ。普通に動いてるし」

「ほれこちらじゃ、お若い娘さん」

「えっと……どこ？　ですか？　うわまた足に何か触った!!」

「そう驚かんでもええ。ただの鞠じゃよ」

「鞠?!」

右足にぽんと何かが当たった驚きで立ち上がると、そこにはさっきしまったはずの鞠が転がっていた。箱を置いた方を見ると、しっかりと蓋をして大きな箱の上中央あたりに置いたはずのそれが、また横転して蓋を投げ出しているのが見える。足元の鞠を凝視していると、鞠はやがてころりと動いた。

なんの力も加えられず、床が傾斜しているわけでもないのに。

「どういうこと……」

「娘さんを気に入ったようじゃなぁ。それは元々女の童《めわらわ》が持っていたもののようじゃから」

「いやほんとに意味がわからないしおじいさんどこ……おじいさん……壁……？」

「壁じゃのうて、屏風じゃ屏風」

「ぼーぶ……」

ぼーぶ、ではなく屏風の中に描かれた、頭がつるんとしていて白い髭の長いおじいさんが、私に対してにこにこと笑って手招きしている。

屏風には日本画のような、中華っぽいようなそんな絵が書かれていた。遠景として墨の濃淡で描かれた山は細長く伸びて雲がたなびき、手前の岩や生き生きとした竹の間を川が流れている。その川の近くに桃の木が生えていて、ふもとの岩におじいさんが座って釣りをしていた。

じっくり近付いて眺めてみても、やっぱり絵の中でおじいさんが手を動かしているように見える。ためつすがめつしていると、灯台が寄ってきて明るくなった。

「あ、どうも」

お礼を言うと灯台がガタガタ揺れて危ない。ついでに鞠もいつの間にか転がってきていたらしく足元にあって危ない。

「ここにおる儂らはみな人の手に長くあって、情の移ったものばかりなのじゃ」

「はあ。あの、付喪神というやつですか。紅梅さんとかと同じ?」

「付喪神ともなれば動くこともできるが、あれは稀なことでな。人の世では、情が宿ったはいいが動けぬ物のままということが多い。そのような物たちが持ち主を亡くし居所を失い、流れ流れて人の世を離れ、ここで少しばかり力を頂いたのが儂らということじゃな」

「へえ」

周囲を見渡すと、カタカタゴトゴトとあちこちで動く物がある。どうやらここは幽霊の住処じゃなく、動ける物の住処になっているようだ。

物なので、質量がある。得体の知れない幽霊よりはずっと安心できる存在だ。

「怖がらせようとは思わなんだよ、そやつらもな。ただ人の子に会えたのが嬉しゅうてしょうがなかったのじゃろう」

「そうなんですか……もっとマイルドにお願いしたかったです……」

足を動かすと、それを追って鞠がころころと近付いてくる。じっとしていると、足の形に沿うようにくるくると回転しながら一周して、それからころんころんと足の甲に乗り上げては転げ落ちている。

懐いているのか、謝っているのか、それとも登ってさらに驚かそうとしているのかはわからないけれど、何か悪いことを仕掛ける様子ではなさそうだ。

そっと手を差し出すと、鞠がころんと手のひらに乗っかった。綺麗な模様なので可愛いっちゃ可愛いように見える。見つめ合っている、かどうかはわからないけれどじっと見つめていると、棚の隅からべぇんと音が聞こえてきた。

べぇんべぇん、ポン、ヒヒーン。ピョロ―と雅楽っぽい笛の音も聞こえる。

「……なんだか騒がしいですねここ」

「まぁそうじゃろう。みなが人を待ちわびておったのじゃからの。それに、あのお方がいらしたのも随分と久しぶりのことじゃて」

「ミコト様のことですか？」

　絵の中のおじいさんが頷きながら釣り竿を持ち上げる。その先には魚が食いついていて、ビチビチと墨の水滴を飛ばしながら跳ねていた。動きが随分リアルだ。

「あの、ミコト様どこに行ったかわかりますか？　急にいなくなっちゃって。もしかして先に外に出たとか」

「いや、まだいらっしゃる。この上にな」

　おじいさんが釣り竿で指したのは、二階の方だった。

　ミコト様、いつの間にあの階段を。スマホのライトより頼りない火の明かりで影が揺らめいていてますます不気味なそこを見上げても、先は真っ暗で何も見えない。そこを探しにいくのはかなり勇気がいりそうだ。

「……ミコト様が行っちゃったの、私が顔を見たからだと思いますか？」

「他に理由はないじゃろうなあ」

　魚を外した釣竿を、おじいさんは再び川へと傾けた。

「娘さんは見てしまったのじゃろう、あのお方に巣食う傷を」

傷。

「はい」

一瞬のことだったのではっきり見えたわけではなかったものの、すっとした美人顔の左側が、その右側と違っていたのには気が付いた。

茶色い布で覆われたそこから、赤く爛れたような皮膚が見えていたから。

「恐ろしゅう思いなさったかね」

「いや別に、怪我してるなーと」

見えたと思ったらいきなり真っ暗になったので感想も何もない。逃げ出したいとかそういう気持ちになりそうな気配もなかった。痛々しかったので、ちょっと心配にはなったくらいだ。

そう言うと、おじいさんは長い髭を触りながら何度も頷いた。

「かのお方は、人の世に交わって様々な苦労をされた。その時に負った傷があのように、幾年《いくとせ》もかのお方を苦しめておるのじゃ」

「そうだったんですか」

おじいさんが細い目をさらに細めながら聞かせてくれた話によると、ミコト様も昔は人の世界に身を置いていたそうだ。多くの人に祀られていて、お社もかなり立派なものだったらしい。

けれどあの傷を負ってからはこうしてお屋敷に閉じこもり数百年。ものすごく年季の入った引きこもりである。

「儂らは情を注いでくれた人を恋しく思うものじゃが、あのようなお姿を見ていれば人恋しいなど口にも出せなんだ。もう人と会うのは諦めておったものも多い。そこへ娘さんが現れてな。鞠の喜びようもわかるじゃろう」

「そうですけど、普通はびっくりしますよ。真っ暗な中で動かれたり、閉じ込められたら」

「蔵もずっと閉じ込めようとは思わんよ。ただもう少しここで過ごしてほしかったのであろ」

「蔵自体もそうなんかい」

スケールの大きい話だ。蔵はどうやってこのお屋敷に来たのだろうか。気になる。

「かのお方は物にも怪《け》にもなりきれん儂らを受け入れてくだすったお優しいお方。屋敷におる誰もが、あのお方が真に幸福を取り戻すことを待ち望んでおる。娘さんもそう思うじゃろう？」

頷くと、おじいさんは微笑んだ。

「ではあのお方の手当てを頼んだぞ。ほれそこな箱を持って」

「えっ」

ごっとんごっとんと揺れる大きな壺、そのすぐそばにある棚に、白い箱が載っている。隣に置かれている昭和めいた湯沸かし器が、それを前に出そうとコトコト動いていた。

白い木で作られた箱はそう古そうには見えない。蝶番になっている蓋には、緑の十字が描かれていた。

「これ救急箱ですか？」

「ほれ早く、儂らには手がない。娘さんにしか頼めないことじゃ」

「いや手当てって言っても、私素人なんですけど」

「ほれほれ。上にも灯台はあるから怖がらずに」

「いや怖がってるわけじゃ」

屏風の中からおじいさんに追い立てられ、さらにガタゴトと揺れる灯台が後ろを追いかけてくる。火が移りそうで危ないので進むと、鞠がぽんぽんと跳ねて先導するように階段を登った。

古い階段は一段一段が大きい上に急で登りにくい。後ろを振り向くと、急かすように下で灯台が揺れていた。その他にも、鎧や食器が揺れている。それに後押しされるように私は上へと進んだ。

「ミコト様、上がりますね」

ほんのりと届いていた灯りも、上の階に顔を出すと同時に真っ暗になった。

下の灯台が消えたらしい。鞠がぽんぽんと跳ねる音を頼りにしつつ、救急箱を片手に上りきる。真っ暗なので何がどこにあるかわからない。手を伸ばして進んでいると、何かに当たった。カタカタ動く縦長の棒はどうやら灯台らしい。

「あ、灯り点けてもらえますか？」

「ならぬ」

下のものとは違って勝手に点いてくれないそれに話しかけると、奥の方から小さくミコト様の声が聞こえた。おじいさんの言った通り、この階にいたようだ。

「ミコト様？　真っ暗だと見えないんですけど」

「下へ降りて、戻るがよい」

少しくぐもって聞こえるのは、どうやら私の方を向いているのではなく俯いて話しているからのようだ。遠回しに近寄るのを拒否されて迷っていると、軽く握ったままの灯台が左右に揺れるように動いた。少しずつその場から移動している。その方向へと膝をついたまま進むと、ぽんぽんと鞠の跳ねる音も聞こえる。

どうやらミコト様のところへと案内してくれているようだった。

「こちらへ来てはならぬ。早う戻るがよい」

「……戻れって、ここを出ていって外の家に帰れってことですか？」

「ちっ、違う！　そのようなことは言っておらぬ！　ルリがいたいだけここにいてもよい。あいや、その、ここではなく、屋敷のほうに。そう、屋敷へ戻れと言いたかっただけで」

ミコト様が暗い声なので同じくらい暗いトーンで質問すると、慌てた答えが返ってきた。ちょっとほっとする。こっちのほうがいつものミコト様らしい。

「その、しばらくそばに来てほしくはないと、そう言いたかっただけで……ルリ、ルリよ、なぜ近付く、聞いておらぬのか」

「しばらくってどれくらいですか？」

「……百年ほど」

「それしばらくじゃないし」

神様は気が長すぎて困る。

しかたないので灯台と鞠に導かれて進むと、手に絹の高そうな着物が触れた。ミコト様の元へと辿り着いたらしい。そして触った感じからするに、ミコト様は床にうずくまっているらしい。

何故。

成人男性が取るポーズとは思えないまん丸な背中をして、ミコト様は呻いた。

「……私の顔を見ただろう」

「はい」

「見られたくなかった」

「それはすみません。でも一瞬でしたし、あんまり覚えてませんよ。色白いなーとか結構傷酷いなとか」

「しっかり見えているではないかぁ！　もう私はここから出たくない！」

わっと嘆いて伏せたらしいミコト様は、この世の終わりだとか、もう世界に灯りなど必要ないだとかもしょもしょ言っている。すんすんと鼻をすする音も聞こえてくるので、もしかしたら私はミコト様を泣かしてしまったのかもしれない。

成人男性の、神様の、ミコト様を。泣かせた。

「あの……ごめんなさい。だから顔を隠してたんですね」

今まで隠していた傷を見られたことは、ミコト様にとってかなりショックな出来事だったようだ。

誰かに見られたくないような物理的な傷を負ったことがないので、どういう言葉が慰めになるのかわからない。しかも私は見てしまった側、つまりミコト様に嫌なことをした側なのでなおさらだった。とりあえず私は木箱を持ってそっと近付いてみる。

「とりあえずあの、傷の手当てをするのはどうですか？」

嘆いていたミコト様が黙り込む。

ミコト様の顔を見て何が一番気になったかって、傷口に布一枚だけ貼られていたというところだ。浸出液《しんしゅつえき》で生々しく染まっていたそれは清潔そうに思えなかったし、広範囲に及ぶ傷であれば、きちんと手当てしなければ化膿して大変なことになるのではないだろうか。

「下の屏風のおじいさんが、救急箱を持たせてくれたんです」

暗闇の中で膝立ちになり一歩進むと、その先でずりずりと遠ざかる音が聞こえる。

「消毒だけでも」

一歩進むと、一歩遠くなる。

「布が癒着して」

また一歩、また一歩。

「……」

ちょっとめんどくさい。私は立ち上がって大きく踏み出すことにした。

「なっ⁈　立つなど卑怯ではないか」

「ミコト様見えてるんですかずるい。とりあえずじっとしててください」

「ぬぅ……手当てなど、し、しなくてよい！」

「いいから」

目隠し鬼と同じ要領で、音だけを便りにミコト様を追いかける。うーとかのわっとか声を上げながら、あちこちガタガタ鳴らしつつ逃げ回るミコト様を耳で追いかけるのはそれほど難しくはなかった。手を伸ばすとたまに服に掠ったりするけれど、絹とかの上等なツルツル感触なので中々捕まえられない。意外に身のこなしが軽い。

「ちょっと触るだけですよ！　痛くしないから！　すぐに終わるから！」

「そういう言葉に要注意だとまんがに載っておった……あっ！」

ミコト様が何かに躓いたらしい鈍い音と、どたんと転んだような音が暗い蔵の中で響く。すかさずそこめがけて滑り込むと、いい香りを放っている服を着たミコト様を押さえ込むことができた。あぅあぅと混乱しているミコト様が逃げ出さないように胴体を跨ぐと、うつ伏せになったミコト様が大人しくなる。

「ミコト様、捕まえた」

「な、なぜルリが組み敷く側なのか……！」

「ミコト様が逃げたからでは」

「そういう意味ではないぃぃ！」

暗い中であちこちに並べられている古そうなものを壊さないように気を使いながら追いかけっこをしたので、お互いにゼーハー言っている。救急箱を置いて腰を浮かせてミコト様を仰向けにさせると、「お嫁にいけない……」と嘆いていた。

お嫁にいく側なのかミコト様。

灯りがないのでそっと手を伸ばすと、ミコト様の手が顔の左を隠すように覆っていた。大きな手の甲をなぞって手首を探し、離そうとしてもびくともしない。

成人男性なので流石に力が強い。ムキになって腕を剥がそうとしていると、ミコト様がジタバタ暴れ始めた。

「下のおじいさんとか壺とかも心配してましたよ。ちゃんと治療したほうがいいです」

「気持ちは嬉しいが、どうせこの傷は手当てしたところで治らぬ。ルリもわざわざ醜いものを見なくてもよかろう……捨て置くがよい」

「治らないんだったらなおさら清潔にしとかないと」

「い、いらぬ」

「頑固だなぁ」

「その言葉、そのままそっくりルリに返すぞ！　私はこのままでよい！　放っておいてほしい」

「放っておいたら、ミコト様、百年もずっとここにいるんですか」

だったらそのうち、私は死んじゃいます。寿命で。

呟くと、ミコト様の動きが止まる。

「見られるの嫌だったのに見ちゃってごめんなさい。でも、これからずっとミコト様とお喋りできないのは寂しいです」

「ルリ……」

「ミコト様がケガしたままなのも痛そうでイヤです」

「……しかし、しかしこの傷は私の醜い部分が凝《こご》ったようなものだ。誰にも触れられたくも、見られたくもない……」

　大人の男性なのだから、その気になれば私をどかすこともできると思う。けれどミコト様は、体を強張らせてじっとしているだけだった。掴んでいる手首が少し震えているように感じるのは、それだけ見られることに怯えているからかもしれない。

「ミコト様は私を助けてくれましたよね。あの時、私、助けてほしいとは思ってましたけど、別に誰かが実際に助けてくれるとか思ってませんでした。普通に考えて無理だし、どうしようもないし。でも、ミコト様が助けてくれた」

　私もこの蔵にある物たちと同じ、ミコト様に手を差し伸べてもらったひとりだ。

　ミコト様はきっととても優しいのだろう。人間との間に嫌な思い出があるのに、私をこのお屋敷に迎え入れてくれた。顔を見られたくなかったのに、それでも転ぶ私を助けてくれた。

　そんなに優しいミコト様が、傷のために苦しんでいるのは悲しい。

「別に私は、そう大層なことをしたわけではない……」

「でも、私はすごく助かりました」

他の誰もあの状況から救ってはくれなかった。恐ろしくて、家に帰れないのは辛くて、このまま生きていくのと死ぬのはどっちが大変なんだろうとか思っていた。

でも今はちゃんと寝て食べて、暇だとか昼寝したいとか考えるられる。あの現実とかけ離れ過ぎていて、たまに夢なんじゃないかと思うくらいだ。

「嬉しかったんです。だから、ミコト様の力になりたいんです」

「ルリ……わ、私は、ルリに嫌われたくない。かように醜い傷で、わ、私はルリに嫌われたら私は」

「嫌いません」

ミコト様の手のひらを探して、ぎゅっと握る。

「ミコト様がその傷イヤなんだったら、一緒にどうすればいいか考えちゃダメですか？」

手のひらに伝わってきていたミコト様の強張りが、段々と抜けてゆく。顔を腕で覆ったまま、ミコト様はもしょもしょと呟いた。

「……ダメではない……」

「やった。じゃあ早速消毒しましょう」

ルリは中々押しが強い、とか言っていたけれど、気のせいだと思う。

「とりあえず見えないんで灯り点けますね」

周囲を手で探ると、灯台がゴトゴトと近付いてきた音がした。けれど火が点かず暗いままなので、他にマッチやライターを探すべきかと思っていると、ミコト様が「もうよい」と言う。すると灯台にポッと火が灯った。

さっき灯りが点かなかったのは、ミコト様が嫌がっていたからのようだ。

「……そう見ないでほしい……」

「あ、すいません」

ぼんやりと明るくなった部屋で、ミコト様が居心地悪そうに袖で顔を隠す。灯台ひとつではあまりしっかり照らせないけれど、私と近くに座っているミコト様だけなら問題はない。

問題はないから他の灯台はゴトゴト順番待ちで並ばないでほしい。

「じゃあまずそのガーゼ剥がしましょうか」

「本当にするのか」

「しますよ。あ、精製水が入ってる」

救急箱の中は意外と現代的な装備が入っていた。

注ぎ口の付いた未開封の精製水、ピンセットや個包装されたガーゼに脱脂綿、消毒用エタノールまで入っている。隙間に詰められた無地の手拭いと、手のひら大くらいの丸く平たい陶器だけが木製の箱としっくり合っていた。

ミコト様、と呼びかけて顔を隠している腕に手をかけると、少し抵抗したもののミコト様は大人しく顔を見せてくれた。顔の右半分の端正な作りと、木綿の布をいびつに当てた左半分が灯りに照らされる。

左の額から鼻を避けて頬全体に傷があるようだった。そのまま口の横を通り、下側は顎の輪郭まで、上は生え際まで。傷の一部は首まで広がっているけれど、耳はなんともないようだ。

布からはみ出ている傷の様子からすると、酷い擦り傷のようなやけどのような感じで痛々しい。癒着している布の向こうで左目がどうなっているかはわからなかった。

「よく見ると結構傷の範囲広いですね。主屋の方で手当てしませんか？」

「それはいやだ。他の者に見られたくない……も、もし無理に連れ出そうとすればその、このままずっと蔵を閉じてしまうぞ！」

「じゃあしょうがないですね。ガーゼ張り付いちゃってますから、とりあえず精製水で剥がしましょう。アレないのかな？　ハイドロなんとかってやつ」

「廃土……？　よくわからぬが、この傷はただの傷ではないゆえ……あっ……普通の作法で治るとは……ルリ、もっとそっと……」

「そういえばそんなこと言ってましたね。あ、ミコト様、この手拭いで水受けといてください。流しますよ」

　指で触れても剥がれそうにないので、精製水をかけてふやかすことにする。化膿したり熱を持っているところはないようだけれど、できたら医者に診せてほしいくらいだった。普通の治療が効果ないなら診せても意味がないのかもしれないけど。

「うわ、痛そう。こんな状態でよく耐えられましたね」

「長いことこのままなので、普段はさほど感じはせぬ」

「それ麻痺してるんじゃ……」

　傷をまじまじ見ると痛そうなので思わず顔を顰めると、既に顔色を悪くしているミコト様がきょときょとと視線を彷徨わせて「すまぬ」とか「やはり止めたほうが」とか言いながら引け腰になってしまう。なのでできるだけ話し掛けて気をそらしながらすることにした。

「もうちょっと流しますよ。大丈夫ですか？」

「う、うむ、少し冷たいくらいで」

「目も怪我してるんですか？」

「いや……目は……」

「じゃあ布で塞いでたら生活しにくかったんじゃ」

「あまり……屋敷におればさほど目を使わぬから……」

「そういえば袖で顔隠してても見えてそうでしたね。普段どんな感じで見えてるんですか？」

「うむ……うまく言えぬが、州浜を覗き込んでいるような、あの中に入り込んでいるような感じというか」

「なんか楽しそう」

州浜は、私とミコト様がよく遊ぶもののひとつになっていた。割り箸とかで椅子や橋を作っては足していくので台自体も増えていっている。最近は眼鏡橋に挑戦中だ。

「なかなか剥がせないですね。くっつけたままのほうがいいのかなこれ。でもこのガーゼだいぶ古いですよね」

「……ル、ルリッ、ちょ、ちょっと近い」

「じっとしててください。あ、ほら、ここらへん剥がれそう……痛くないですか」

「わからぬ……ッ」

「やっぱり麻痺してるのってあんましよくないと思いますよ。お医者さん呼びたいレベルです」

「……そ、そこな膏薬を塗れと薬師如来殿《やくしにょらい》が」

「薬師如来って、なんか凄い有名な神様？　仏様？　じゃないですか。マジで存在するんですね」

「ま、まじだ……だから少し離れてくれぬか」

「いや、塗るんでじっとしててください」

「ぬぅぅ」

　青くなったり赤くなったり忙しいミコト様をそのまま動かないように言い含め、陶器の入れ物を手に取ってみる。飛び交う雀の絵の描かれた蓋を取ると、白っぽい柔らかな色のクリームのようなものが入っていた。嗅ぐとほんのり鼻を刺激する漢方のような匂いがする。

「ラッパのマークのアレの匂い。私こういう匂い結構好き」

「す、好きとな」

「これ塗ったらいいんですか。そのまま？　脱脂綿とかで塗りましょうか。ミコト様ちょっと薬持っててください。剥がしたやつと手拭いは纏めて置いときますね」

「ぬ」

　ふやけて剥がれた布を剥ぎ取ると、痛々しい傷があらわになった。

　端の方は引き攣れたようになっているけれど、全体的にはまだ怪我して日が経っていないような見た目だ。ものすごく深い傷ではないけれど、ずっとこのままというのはとても辛かったのではないだろうか。

　ピンセットで脱脂綿を挟み、白いクリーム状の軟膏を掬ってミコト様に近寄る。僅かに血が滲んでいるせいか生臭い匂いがほんのりしていて、薬を塗るとそれを上塗りするように漢方っぽい匂いが広がった。傷を押さえ過ぎないように気を付けながら塗ると、白いクリームが傷口に触れた途端に変色していく。

「あれ、薬が黒くなった」

「……薬効が負けるのだ。だからもうずっと前に塗るのをやめた」

「あらら。とりあえず全体に塗っときましょう。黒くなったのは拭き取ったほうがいいですか？」

「わからぬ、どうせ治りもせぬから気にしたこともなかった」

「ミコト様、ネガティブになってますよ」

「どうせ私は根が暗いのだ……だからこそ神と名乗るのも恥ずかしいほどの傷を抱えているのだし、ここに籠もるうちに力もなんだか弱くなったし、醜い傷は、誰もが嫌うものだ……うぅ、染みる」

「染みるんですか。痛そう」

「でも止めぬのだな……」

軟膏を傷口の全てに塗り終わると、ミコト様の白い肌とくっきり分かれるように黒い色に変わっているのがわかった。小さな容器に入っていた薬をなくなるくらいまで使っても、その黒い色は変わらない。

それを告げると、ミコト様は恥じ入るように顔を背けた。

「これは私が至らぬという証。いかな妙薬であれ治すことはできぬ」

「でも、これ塗ったらちょっと血が止まってますよ。ほら、黒いクリームで見えにくいけど、ちょっと色も鮮やかになってるし」

「気のせいだと思うが」

厚めに塗ったクリームだけを少し拭うようにすると、薄く薬で膜を張った傷口は先程よりも状態がいいように見える。

「少なくともあんなガーゼ貼ったきりよりいいですよ。ちゃんと毎日塗ったら治るかもしれません」

「そうは思えぬ」

「やってみないとわからないですよ。一緒に頑張りましょう、毎日」

まいにち、と繰り返したミコト様が、かーっと右側の白い頬を真っ赤に染めた。それからキョロキョロと視線を彷徨わせて、ちょっと唇を尖らせる。

「……し、滲みるのは嫌だ」

「子供みたいなこと言わないでくださいよ。なんならイタイのイタイのとんでけ～ってしてあげましょうか？」

「ぬぅ……そのような……、し、してほしい」

してほしいのか。

軟膏だらけの傷口には触れないように、手をかざして痛みを吸い取るようにイタイのイタイの～と唱え、それを投げるようにとんでけ～と言うと、ミコト様は少し頬を染めながらもじもじする。

「どうですか恥ずかしいでしょう。私も少し恥ずかしいです」

「で、でも少し痛みが引いたように思う」

「それこそ気のせいでは……？」

プラシーボでも気が楽になったのであれば、恥ずかしい思いをした甲斐もあるかもしれない。

それから顔をむき出しで出るのは嫌だと言い張るミコト様と協議し、新しいガーゼを手頃なサイズにしたものをそっと軟膏の上から貼って、私たちはようやく蔵から出ることにした。階段をこわごわ降りて下へ戻ると、またベンベケヒヒーンと騒がしくなる。今まで気を使って静かにしていたようだ。

屏風に描かれたおじいさんも、ミコト様を見ておお、と声を上げる。

ミコト様は少し居心地悪そうに蔵の中を見回した。

「そなたらには心配を掛けたな」

「勿体ないお言葉でございます。御自《おんみずか》らお屋敷にお連れになった方ですから、もしやと思いましたら……よい縁《えにし》をお持ちになった」

　おじいさんが嬉しそうに頷き、私に手を振る。それに振り返して、それから他の物たちにも手を振った。

「ミコト様、行きましょうか」

「うむ」

　出口に近付くと、ミコト様がさっと袖を顔の前に持ち上げる。

「誰かに見られるの、やっぱり嫌ですか？」

「いや……その、癖になっておるようだ。長年隠してきたし、傷を見られるとこの屋敷の者にも嫌われるような気がする」

　気まずそうに手を下ろしたミコト様に、私は自分の手を差し出した。ミコト様は不思議そうな顔をしてそれを見ている。

「手持ち無沙汰なら、私と手を繋いでおきますか？」

「な、て、て……とな⁈」

　固まったミコト様の隣に立ち、左手を握る。するとミコト様は固まったまま、またかーっと赤くなってしまった。照れ屋な神様だ。

「いつも繋ぐわけにはいきませんけど。こうしていたら、少なくとも私ひとりはその傷を嫌ってないことを思い出すでしょうし」

「……そ、そ、そ」

赤くなり過ぎて涙目になっているミコト様が、言葉にならない返事をしながらコクコクと頷いた。その手を引くとギクシャクと動き出す。

蔵の扉は、軽く触れるとあっさり開いた。先程の開かなさが嘘のような自動ドアである。眩しい光から目を守りながら下駄を履くと、蔵の中からガタガタと色々な音が聞こえてきた。てんてんと、闇の濃い中で鞠が大きく跳ねている。

私がまたねともう一度手を振ると、返事をするようにギギィと軋みながら蔵はゆっくり閉じていった。

「いやまたねとは言ったけど、こんなすぐ会うと思ってなかったっていうか……」

翌日朝ごはんを食べに主屋の広間へ行くと、私のお膳の周りを鞠がコロコロしていた。近付くと、ポンポンと腰くらいの高さに跳ねながらこっちにやってくる。私が片手を出すと真ん中にちょうどよく収まって大人しくなった。

「これ、どうしよう」

せかせかと給仕を終え、私の隣でモリモリごはんを食べているすずめくんに訊いてみると、あんまり興味なさそうに肩を竦められた。

「お気に召したのであればその辺りに転がしておけばいいのではないですか？　鞠は

場所も取りませんし。もし嫌であればすずめが蔵に戻しますよ」

「いてもいいんだ……」

ごはんを食べるために鞠をそっと床に降ろすと、鞠はゆっくりと転がって私の正座している足にそっと寄り添い、すりすりと絹の心地良い肌触りをアピールしている。

「……まあ、この鞠は危ないものとかじゃなさそうだし」

「でも！　あれこれ蔵から持ってくるのはおやめくださいね！　お屋敷が騒がしくってしょうがなくなりますから。お掃除が捗らないったらないんです」

「ハイスミマセン」

「ルリさまはかわいいものが好きなのね」

「かわいいわ」

「紅梅さん白梅さん褒めついでに竜田揚げくれなくて大丈夫です」

純和食生活だったらしいこのお屋敷は、私という存在を受けて洋食化が進みつつある。というか、いっぱい料理の本を買ってきたすずめくんに食べたいメニューを聞かれるがままに答えていると試行錯誤で作ってくれる。だからといって朝から揚げ物はどうなのだろうと思わなくもないけれど。

「ルリさま、竜田揚げは唐揚げよりサクサクしてますね。すずめは竜田揚げのほうが好きです」

「私も竜田揚げのほうが好きー。美味しいよね」

「私は唐揚げも好きよ」

「どっちも美味しいわね」

朝早くから働いていたお屋敷の人たちは食欲も旺盛で、おひつがぐるぐるとあちこちを巡っている。広間はいつもわいわい賑わっているが、今日は一段と賑やかだ。

「わ、私も竜田揚げのほうがよいと思う」

空気が華やかな理由は、ミコト様が屏風なしに座っているからだろう。


昨日、蔵から出てお屋敷に戻ると、会う人会う人が顔を隠さないミコト様にあんぐりと口を開けて驚いていた。みかんを食べていためじろくんも、手から皮をポロリと落としたのに気付かないままミコト様を凝視していたほどである。

「主様が顔を隠さずにいてくれるなんて何百年ぶりかしら」

例に漏れずたっぷり驚いた紅梅さんと白梅さんが、ぴたりと私の両側にくっついて言った。

「主様のお怪我に私たちは触れられなかったわ」

「誰にもお許しになられなかったのよ」

「もうずっとお姿を見られなくなるかと思ったわ」

「そう思うと悲しかったの」

紅梅さんによると、ミコト様は傷を負ってしばらく、誰の前にも姿を現さなかったらしい。お屋敷の人たちはみんなミコト様が好きなので、誰も彼もが悲しんでいたそうだ。ちなみにしばらくっていうのも百年単位とかだ。ここの人たち、びっくりするほど年上である。

「ルリさまが来てから主様は変わったわ」

「お屋敷が明るくなったわ」

「傷もきっとよくなるわね」

「ルリさま、本当に本当に嬉しいわ」

「お祝いをしなくてはね」

口々に言って微笑む紅梅さんと白梅さんの目は、うっすらと潤んでいた。

そんな感じで、昨日の夕食からお屋敷はお祭りモードだったのである。


何か凄い薬を塗っても回復しなかったのだから、私がどうこうしたところで治るということはなさそうな気もする。

けれど、お屋敷の人たちの喜びや期待が空振りにならなければいいなと思った。

上座を見ると、視線に気付いたミコト様がぴっと固まり、それから顔を赤くしてぎこちなく食事を再開する。時折癖が出てやっぱり袖で顔を隠そうとしてしまっているけれど、その度にハッと気が付いて手を下ろしていた。めじろくんたちやお屋敷の人が、それを見ては嬉しそうに微笑んでいることには、ミコト様はまだ気付いていないらしい。

このお屋敷のみんながミコト様を大好きで、傷なんて気にしてないということをミコト様がもっと自覚したら、顔の傷のことをひた隠しにしたいという気持ちも薄れるはずだ。

それまではとりあえず、私ひとり分で我慢してもらおう。

「ミコト様、今日も手を繋ぎますか?」

「んグホッ」

喉を詰まらせたミコト様の背中を、めじろくんが無表情でさすっている。

涙目になったミコト様は、それでも小さく頷いた。

一歩、踏み出す

朝。

夏の庭に面した方からやってくるじーわじーわと煩い蝉の声と暑さに目が覚め、洗面所へ向かう。

「ルリ！」

「ミコト様、おはようございます」

「うむ、今日も元気そうだな」

顔を袖で隠す癖が取れてきたミコト様は、非常にわかりやすい。

私を見つけるとパッと顔を明るくさせ、ニコニコウンウン頷いて色々と親切にしてくれるのだ。

「ルリ、新しい石鹸を使うがよい」

「はい」

「これで手を拭くがよい」

「はい」

お礼をいうと、ミコト様はにこっと笑う。

主屋にいつの間にか増えていた庭側の洗面台は、蛇口が二つあるので並んで手を洗える様になっている。黄色と紺色のタイルでモザイク模様を描いているのがレトロな感じで可愛いので少しお気に入りだった。

「その、それでその、今日はこれを……」

「あ、いつもありがとうございます」

「うむ、その、うん……」

白い頬を染めつつもじもじチラチラしているときは、手紙を持っているとき。最近は一緒にいる時間も増えてきたので、めじろくん経由ではなく自分で手渡すようにしているようだ。今日の手紙はミモザの枝に結ばれている。そして相変わらず私は手紙を全然読めない。

「ぃ今開けてはならぬー!!」

「読めないのに……」

「これは気持ちの問題なのだ。せめて、せめて私の見ておらぬところで」

「わかりました」

隣を歩いていると、ミコト様は結構背が高い。着物がしっかりしているせいか、体格もしっかりしているように思える。絹の着物は生地だけでも迫力があるので、洋服の私ははたから見るとわりとしょぼく見えていると思う。

「主様、ルリさま、お早く！　もう皆《みな》揃っていますよ！」

「うむ、待たせたな」

「主様、おはようございます！」

「うむ」

　食事をする大広間から屏風が片付けられてから、ご飯の時間がますます明るくなった。朝からミコト様の顔を見られるというのは、ここのお屋敷で働く人たちにとってとても嬉しいことらしい。屏風越しでは遠慮していたような挨拶や目礼もできるようになったため多くの人と話す接点が増えて、ミコト様自身も少し明るくなったように見えた。

「主様！　今日はお好きな朴葉味噌《ほおばみそ》ですよ！　すずめが舞茸を刻んで入れました！」

「ほう、それは嬉しいな。ルリも好きだろう」

「好きです。美味しいですよね」

「そ、そ、そうであろう。足りなければ半分やるぞ」

「大丈夫です」

　ミコト様の顔が見えるようになったのを喜んでいる人が多く、そして私がそれに貢献したと思っている人も多い。そのお礼代わりなのか、私は色んな人からプレゼントを貰うことが増えた。例えばきれいな桜貝、おやつのおまんじゅう、真っ赤に染まった紅葉、翡翠の欠片。そして必ず私のお膳が豪華になっているのだ。

今日は付け合せのニンジンが綺麗な桜になってお皿に散っているし、百合根を甘く煮たのが二つ。今日は蕗の煮物の日なのに私だけ白和えに変わっていて、お膳の端に置かれている小さなお皿にはヤマモモというクセのある甘さが特徴の丸い小さな果実が載っていた。

皆が座って、ミコト様がお膳に手を付け始めると朝ご飯が始まる。朴葉味噌はでっかい葉っぱの上にお味噌を載せて焼いたもので、そのワイルドさに最初はびっくりして、お味噌を口に含むとしょっぱさの中に葉っぱのいい香りがふわんと広がってとても美味しいので二度びっくりした料理だ。

ミコト様も朴葉味噌は好物らしく、にこにこしながらお箸を伸ばしている。ミコト様はマナーが完璧で、お箸も綺麗に持っているし、食べ方もすごく美しくてぱくぱく食べてもどこか上品で、小骨の多い魚が出てもお皿は綺麗なままだ。未だにすずめくんに厳しくお箸運びを指導されることがある身としては、羨ましい限りである。

「ルリよ、今日のよおぐるとには蜂蜜を掛けるか？」

「私は昨日作ったブルーベリージャムをかけます。ミコト様もどうですか？　美味しいですよ」

「おお、それがあの黒丸の実の……ほお、青いのだな。めじろ、匙を」

「はい、主様」

新しく植えたブルーベリーはびっくりするほど豊作で、生食にゼリーに冷凍にジャムにとここしばらく大忙しだった。乙女っぽいイメージ通りに結構な甘党のミコト様は、保存用ではない砂糖控えめのジャムも美味しかったらしく、うむうむと頷きヨーグルトを食べてはジャムを追加していた。

ミコト様の顔の左側には、相変わらず傷が広がっている。

手当てするときには軟膏がしみて痛そうだし、今も患部を布で覆ってあるままだけれど、お屋敷にいる人は誰もそれを変な目で見ない。そのおかげで、ミコト様も傷を過剰に意識することは少なくなってきたようだった。流石に傷のことを考えているときは憂鬱そうな顔をしているけれど、私と目が合うと「ルリの手当てで少し楽になった」と笑ってくれるようになった。それがお世辞だとしても、お世辞を言えるくらいになったのはいいことだと思う。

「ルリ？　おやつをもう少し貰うか？」

きょとんと首を傾げるミコト様にお腹いっぱいだと言うと、それはよかったとにっこりと笑う。ミコト様の笑顔は、嬉しいとか楽しいとか全面に書いてあるようなものしかない。心からの微笑みばっかりなのだ。

うーん。

「ほんとにめじろくんの言う通りだわ……」

「めじろは嘘は言いません」

「うむ？　めじろ、ルリに何を言うたのか？」

よくわかっておらず首を傾げるミコト様の隣で、食後のお茶を飲むめじろくんがしれっと頷いた。

明るく笑うミコト様は、右半分だけでも「いけめん」である。


「ルリ、ルリや」

「なんですかミコト様」

普段は朝食を終えると部屋に戻るミコト様が、ちょいちょいと私を手招きした。

私は自分のお膳を持って洗い場にいこうとしていたけれど、すずめくんがひょいとそれを取り上げ、代わりミコト様がすすすっと近付いてきた。手招きしていたのに自分から近付いてくるのがミコト様らしい。

「そ、そのう……ルリさえよければだが……その、今日の予定が何もないのであればだが、その、私とその……」

「いいですよ」

「そうか！　うむ！　では今から行こう！」

ミコト様が喋りながら頬を染めつつモジモジしているときは、大体私を遊びに誘いたいときである。頷くと、ぱっと笑顔になってウンウンと頷いていた。

前にミコト様の笑顔は花が咲くような感じだよねとめじろくんに話したら、実際にミコト様が喜ぶと庭の花付きがよくなっているのだと教えてもらった。確かに、最近は春の庭が前にもましてカラフルになっている気がする。

さすが神様だけれど、演出が乙女というか少女漫画っぽい。

「今日は州浜じゃないんですか？」

いつもミコト様の私室でジオラマ作りをするか、庭に出てあれこれ植物や動物を見たりするのだけれど、ミコト様はそこを素通りしてしまった。

キザハシという広くて大きな階段のところで、ミコト様が私に手を差し出す。両側に紅梅さんと白梅さんの本体である梅が植えられているところだ。階段の下にある沓石《くついし》には私の下駄が揃えられている。

「ルリ、私の手に掴まるがよい。その、転ぶといけないから」

「転ぶほど危なくはないですけど……こっち側に出るの、珍しいですね」

大きな門へと続くこちら側は、道の左右に草木が整えられているだけで、他の庭のように小川や池などがあるわけでもない。それにミコト様へのお客さんが通る道でもあるので、普段はほとんど来ることがなかった。

ミコト様の手を握って数段を降りきり、下駄をつっかけて歩き出す。平坦な道だけれどミコト様はそのまま気にせずに私の手を載せるようにして先導していた。前のミコト様は常に片手をカーテン代わりにしていたので自由になるのは右手しかなく、手を貸してもらってもすぐに手放していたのだけれど、今は両手が使えるからか手を引っ込めようとしても気にしなくてよいとニコニコしている。

石畳の広い道を歩いていると、大きな門が近付いてくる。

「ミコト様、どこ行くんですか？　あの、外に出るんですか？」

あの門はお屋敷の外、つまり神社のある街へと繋がっている場所だ。

そして私は、街へは、今はまだ行きたくない。

いつまでもここにいられるとは思ってはいないにしても。

今はまだ、会いたくないのだ。

暗い気持ちになって立ち止まった私をゆっくり振り返って、ミコト様は安心させるようにふんわりと微笑む。

「そう怖がる必要はないぞ、ルリよ。少し二人きりで話をしたいだけだ」

「あ、そうなんですか」

「うむ、そ、それに私はルリの嫌がることは一切せぬし、もし外へ行くにしてもきちんとまま守れるようにするし、その、その、ルリがその、ここにその」

何かもしゃもしゃ言いながらも、私が再び歩き出すのを待つようにミコト様はじっと傍で立っていた。もう一度足を踏み出すと、にこっと笑ったミコト様も歩き出す。

「うむ、この辺でよいか」

ミコト様が立ち止まったのは入口の近く、綺麗な牡丹が咲き並ぶところだった。

特に何かがある様子もない。

「ここですか？」

「うむ……いやその、屋敷では誰かに覗き見されることが多いゆえ。ここは木も柱もないので隠れ辛かろう」

どうやらミコト様は、ほんとにただ二人きりで話をしたかったらしい。たしかにお屋敷ではすずめくんがいきなり出てきたり、振り向くと柱の向こうから紅梅さんたちが覗いていたりすることがある。私が思う覗き見をしている人ナンバーワンは今目の前にいるミコト様だけど。

わざわざここまで来たからには、誰にも言えない重要な話をするのだろうか。

少し構えつつ待っていると、ミコト様がこほんと咳払いをした。

「ルリよ」

「はい」

「そなたは忘れておるやもしれぬが……私はな、神なのだ」

ミコト様が真剣に、厳かに、ややドヤ顔で言った。

「……知ってますけど」

何を今更。

私の返事に少し怯んだミコト様だけれど、再び体勢を立て直した。

「神というのはそう、人の願いを叶えるものなのだ、ルリよ」

「そうなんですか」

「そうだ。まあ、人の願いは溢れるほどあるから、現し世では社におる間のみ願いに耳を傾ける神も多いが、私はそうではない。もっとふ……ふれ……ふしれきぶる？」

「フレキシブル？」

「それだ、ふれしきぶるだ。自由のきく神だ。わざわざ社に趣き、鈴を鳴らさずとも私は願いを聞き届ける」

カタカナを上手に使いこなせたという自信からか、ミコト様がますます得意気に頷いた。それから、デーンと私に向かって手を広げる。

「さあ、好きなだけお参りするがよい！」

「えっ」

何これいきなりどういう状況なんだろう。ミコト様の意図がよくわからない私が戸惑っていると、ミコト様が焦れたように説明を始めた。

曰く、私が来てからというもの、お屋敷は明るくなり、ごはんは賑やかになり、傷は少し気にならなくなり、楽しいことばかりである。感謝の気持ちを少しでも還元しようと思い、何かできることはないかと訊いても、私は答えてない。よもやミコト様が願いを叶えられる神様ということを忘れているのではないかと思ったそうだ。

「その、私は傷のせいで神力が至らぬところもあるが、ル、ルリが望むというのなら最大限に叶えようと思っておるし、気兼ねせずに願ってくれると嬉しい」

「えーっと……その前に、訊かれましたっけそんなこと」

「なんとルリよ！　私は毎日毎日訊いているではないか！　何か困っていることはないか、欲しいものはないかと！」

「あぁ……」

確かにそんなようなことを言われていたような。てっきりお屋敷の不具合などを訊かれているのだと思って、「冬の庭に雪が降って枝が折れそうです」とか「めじろくんが新しい梅鉢を欲しがってました」とか返していた。

「私はルリの欲しいものを訊いていたのに、ルリといえば、ルリといえば……」

「あ、はい。すいません。落ち着いて落ち着いて」

片手を上下に振ってムキーと抗議しているミコト様を宥めるためにも、私は願い事をすることにした。

とはいえ、いきなり好きに願えといわれても難しい。とりあえず、何を願い事にするか考えなくては。今まで神社で願い事をしたこともほとんどないので結構難しい。

私を助けて、匿ってくれてありがとうございました。とても助かっています。

毎日ごはんも美味しいです。

えーっと、欲しいものは特にないので、心配しないでください。とか。

「なんと⁈　何でも言ってよいというに！　何か、何かあるであろう！」

「えっ」

まだ口に出していないのに、ミコト様が文句を言った。

何これ直に通じてない？

「ミコト様、もしかして私の考えてることが読めるんですか」

「普段はわからぬが、私に対して念じたことはやんわりと伝わってくる」

「やんわりと」

「願い事ならばよく聞こえるぞ。神だからな」

神様すごいな。プライバシーの概念が崩壊している気がするけれど、まあミコト様に対して念じたことくらいならバレてもいいのかもしれない。いつかケンカしたときに、タンスに小指をぶつけたらいいのにとか念じたら気まずそうだけど。ケンカが悪化しそうな気がする。

変な心配をしている私に、ミコト様は何でもよいぞ～とアピールしている。

なんでも……何か……欲しいもの……

あっ、最近スマホの充電がうまくいかないので、新しいケーブル欲しいです。

「す、須磨……？　じゅで……？」

電波も届くようになると嬉しいです。Wi-Fiがあるととても助かります。

「伝播……わいはい？　よくわからぬが、それがルリの望みであるのだな」

でも色々あれなので、無理なら無理で大丈夫です。

「遠慮せずともよい。ルリの願いならばきっと叶えてみせようぞ。しばらく待っておくがよい」

「ありがとうございます、ミコト様」

片方が黙っているのに返事をするのはテレパシーみたいで面白いけれど、やっぱり会話はお互いが口に出したほうがいい。きちんと声に出してお礼を言うと、ミコト様はうむ、と少し照れくさそうにしつつも頷いてくれた。

あ、ミコト様の怪我が早く治りますようにもお願いすればよかった。

「うなっ?!　そ、な、ル……ルリ……わ、私のことはよい……よいが、そなたの気持ちは嬉しく思う……」

思った瞬間にミコト様が急に顔を真っ赤にしてモジモジしだしたので、今のお願いも伝わったらしいことに気がついた。結構気軽に通じるようだ。今までに何か変なことを念じていないかちょっと心配になった。

「その、ルリよ、今だけでなく、いつでも願ってよいのだぞ」

「わかりました」

「何でも言ってもよいぞ」

「ありがとうございます」

「うむ……ルリは欲がなくて少し寂しい。何かないか？　好きな花でも、菓子でもよいぞ」

　ミコト様は私に何かしたくて仕方ないらしい。別にお礼されるほどのことをしていないし、むしろ私がお礼する立場だと思うけれど、ミコト様が期待した目で見てくるので断るのも気が引ける。神様は願い事を叶えるのが好きなのだろうか。

「好きな花……は、ラナンキュラスが好きです」

「ら……？　蘭……？」

「ラナンキュラスです」

「……な、茄子？」

「ラナンキュラス」

「き、聞いたことのない花だ。しかしルリが好むのであれば、そ、その、ら、らにゃんなす？　とやらも植えよう」

ミコト様はらにゃ……にゃらん……としばらくブツブツ呟く。

相変わらずカタカナに弱いミコト様だけれど、私はそうやって戸惑いながら格闘しているミコト様を見るのが結構好きだ。しばらく不得意なままでいてほしいなと思ったら、ミコト様がとても困った顔で「その願いはちょっと……」と小声で言う。

これも伝わってしまったらしい。

「その、そろそろ戻るか」

「はい」

私が頷くと、ミコト様も頷く。それからミコト様がもじもじし始めた。

「その、すぐだが、その、て、て、手を」

そわそわと視線をあちこちに投げかけつつ、ミコト様はモジモジいじっていた右手を差し出す。右半分だけ見えているミコト様の顔がじわじわ赤くなっていた。

お屋敷はすぐそこだけれど、ミコト様はどうやら手を繋ぎたいらしい。

差し出された手に左手を重ねると、ミコト様は更に顔を赤くしながらも嬉しそうにうむと頷いた。

「反対側のほうがよくないですか？　ミコト様右利きだし、手塞いじゃうとやりづらくないですか？」

「私はこちらのほうがよい。その……左は」

　ああ、と気付いた。傷が左側にあるので、そちら側に立って見られたくないのだろう。ガーゼを当てているとしても。

「傷、もし気になるならマスクとかどうですか？　えっと、マスクは……お面？」

「面をしたら顔が全て隠れるではないか」

「半分だけのやつですよ。オペラ座の怪人みたいな」

「お、お寺の灰燼……？　あぁあの、織田の？」

「オダノ？　怪人の名前はエリックじゃなかったっけ？」

「うむ……？」

　蔵の中にお面もあるだろうとミコト様は言ったけれど、よく考えたら木製のお面は固くて傷口によくないかもしれない。軽いプラスチックのほうが肩も凝らなくて良さそうだけれど、ついついお祭りで売っているようなお面を着けているミコト様が頭に浮かんでしまい、なんだか面白い光景を想像してしまった。

「お面の材料って、ホームセンターに売ってるかな」

「よくわからぬがその、ルリのよいと思うようなものを見繕ってほしい……もちろんルリが嫌でなければだが！」

「いいですよ。すずめくんと相談してみます」

私はただひたすら暇なので、ミコト様のお面作りとかむしろやりたい。色々な飾りをつけて、日替わりで楽しめるようにしたらいいんじゃないだろうか。

考えながら歩こうとするけれど、ミコト様は立ち止まったまま動かない。どうかしたのかと見上げると、ミコト様は赤い顔のままであちこちに視線を巡らせていた。

「その、その……そ、そう！　ルリよ、そういえばあれとはもう会ったか？」

「あれって？」

「門番だ。ルリはきっと気に入るだろう。よい機会だから、会わせよう」

いいことを思いついたと明るく笑ったミコト様が、主屋とは反対側へ歩き出す。その足取りは軽く、繋いだ手が軽く揺れている。

もしかしてミコト様、手を繋いでいたかったのだろうか。

相変わらずちょっと乙女なところがあるな。

楽しそうなので私も手を揺らしてみると、ミコト様がふふふと笑った。


門の上に部屋や手すりなどがある豪華で大きな門は、普段は閉じられている。その大きな門の隣に小さい門も付いていて、すずめくんや他の人がお使いなどで外に出るときはそこを使う。お客さんや重要な人が通るときには大きな門を開けるそうだ。

ここは私がお屋敷に来て最初にくぐった門だけれど、それ以来開いているところを見たことがなかった。なので門番がいたとは知らなかった。

ミコト様が近付くと、ひとりでに大きな門がゆっくりと開く。私の手を取っているほうとは反対の手で、しー、と静かにするように私にジェスチャーしたミコト様が門の外を指す。

そっと体を乗り出すようにして門の向こう側の左を見ると、左右一対で狛犬が載っている台座があった。

そしてその台座の上に座っている筈の狛犬が、日光浴をしながら昼寝をしているかのようにだらんと寝転がって体を伏せている。左後ろ足が台からはみ出ていた。

「……」

反対側を見ると、同じような狛犬が仰向けになって前足で空を掻いている。

どういうことなの、と思っていると、仰向けになっていた狛犬がふいにこちらに顔を向けた。素早くゴロンと転がって起きると、台座から身軽に降りてくる。

「おお、気付かれたか。どうだルリ、可愛かろう」

「可愛い……けど、石なのに動いてる……」

ざらざらした石で作られた狛犬は、座った高さで一メートルくらい。片方が口を開け、片方は口を閉じている。巻き毛の立派なたてがみの他に、足元や尻尾もくるくるした毛が彫られていて、もちろん同じように石でできた尻尾をフリフリと小刻みに動かしてはミコト様を見上げたり、私の周りをくるくる回ったりしていた。口を開けたほうが体重をかけないようにそっと上げた前足で私の足に触れてきたので手を出してみると、頭を擦り付けてきた。

可愛い。けど手に伝わるのは当然、石の感触だ。

「動く狛犬、可愛い……」

「そちらは獅子だな、こっちが狛犬。ほら、角が付いているであろう？」

「えっどっちも狛犬じゃないんですか。ほんとだ角生えてる。こっちは生えてない」

頭に一つ、こんもりと小さめの角の生えているほうが、挨拶をするように寄ってきた。スリスリと角を手に擦り付けるのは口を閉じている狛犬。遊んで遊んでといわんばかりに前足でちょいちょいしてるのが口を開けている獅子。

どちらもスムーズに動いているけど石である。

「可愛いであろう。ルリも気に入ると思ってな」

「可愛いです。石だけど」

「うむ、前は木でできていたのだが、周囲の警固を任せるうちに、いつの間にか石になっていてな」

「木製で動くのもよくわかんないし、なんで石になったのかもわかんないですね」

おなか撫でてというかのように獅子が転がると、地面の石畳と擦れてゴリゴリと音がしている。でも動きはまるっきり人懐っこいわんこのようだった。

「こやつらはこう見えて優秀な門番でな、最近はしばらく放っていた街の見回りもさせておる」

「そうなんですか」

「悪しき者は狛犬と獅子が屋敷に入れぬし、助けてほしければ名を呼ぶと飛んでくるから、ルリも何かあれば遠慮せずに使うがよい」

二体は足元にちょんとおすわりした。石でできた目がじっと私を見上げている。

「狛犬……狛ちゃん」

「狛ちゃん?!」

「獅子ちゃん」

「ルルルルリ……?」

名前を呼ぶと、呼ばれたほうがぴょんと立ち上がってフリフリと尻尾を振った。それからぴょんぴょんと跳ねながら私とミコト様の周りをぐるぐると回る。

「狛ちゃん、お手。獅子ちゃん、伏せ」

「ぉおおぬしら……ルリよ……なんとふれんどりいな……」

太い前足をぽてんと手に載せたり、したっと伏せて尻尾だけフリフリさせたり。

可愛い。石ということが何のハードルにもならないくらい可愛い。

むしろ石っぽい感触もチャームポイントに見えてきた。

ミコト様によると怒ると割と頼もしい番犬のようだけれど、とても愛想よく振る舞ってくれている。

「うむ……仲良きことはよきことだな……うむぅ……」

「ミコト様、狛ちゃんたちと散歩してもいいんですか？」

「いや一応門番であるから……そう何度もはダメだと思うが……」

「お願いします」

「うっ……」

先程願い事をしろと言っていた手前、ミコト様は断れないようだ。しばらく悩んでから、たまーにお屋敷の中の庭を回るくらいであればよいと言ってくれた。狛犬と獅子も嬉しそうに跳ねている。石なのにやたらと滞空時間の長いジャンプをすると思っていたら、空も駆けることができるそうだ。すごい。

「その、ルリよ、散歩だが……二匹がじゃれついて万が一にもルリに怪我をさせてはいけない。だからその、私も行こうと思うが」

「じゃあ一緒に散歩しましょう。ミコト様、犬の散歩は歩きやすい靴じゃないとダメですよ。走るかもしれないし」

「そうなのか？」

「運動靴とかあります？　足のサイズがわかれば、すずめくんに買ってきてもらえると思いますけど」

「さいず……？」

いつもの平安貴族スタイルにスニーカー。想像すると結構面白い。

私とミコト様に思う存分頭をざりざり撫でられた獅子と狛犬は、やがて満足するとそれぞれの台座に戻り、ぴしっと番犬らしい格好で前を睨んで静止した。

その位置で振り返って尻尾を振る二匹に手を振ってから、私たちはお屋敷の中へと戻る。

「ミコト様」

うむむと考えているミコト様に手を出す。するとみるみるうちに笑顔になったミコト様が、私の手をきゅっと握った。

ミコト様の嬉しそうな笑顔は、見ていて気持ちがいい。

いつもミコト様が笑顔でいられますようにと願うと、その笑顔が固まる。ミコト様が真っ赤な状態から普通の顔色に戻るまで、それから三十分くらい必要だった。

そしてその夜、おやすみを言う前にすずめくんが首を傾げながら質問してきた。

「ルリさま、主様によると、ルリさまが須磨に受田されたいということでしたが本当ですか？」

「よくわかんないけど違います」

願い事はミコト様に念じるより、直接言葉で伝えるより、すずめくんを通したほうが正確に通じるようだ。


神様の力は偉大だ。

「んーと……あ、それですルリさま。パスワードはこれ」

「はーい」

新品のタブレットを並べて接続していく。

お屋敷でネットが使えるようになったのだ。仕組みはわからない。

ここは簡単にいうとミコト様が創っている場所で、ミコト様が創りたいと思ったものを創り出すことができる世界なのだそうだ。

神社のある付近の土地はミコト様の力の届く場所で、そのあたりにあるものであればミコト様が見ようと思うと見ることができる。そうやって見聞きしたものや説明されたものは創り出すことができるそうだ。この辺りにない、例えばロケットとか発電所とかは多分無理ということだったけれど、そんなのできなくても十分神様の創造力はすごい。

「メールできたら、すずめはとても嬉しいです。連絡も楽ですし通販もできますし」

「すずめくんってめっちゃ現代っ子だよね……」

「すずめは便利なものが好きです！」

　ネット開通を一番喜んだのはすずめくんだった。わざわざ買いに行かなくても好きな銘柄のお米をゲットできるのが嬉しいらしい。タブレットを買ってきた日はぽちぽちと首を傾げつつ人差し指のみで使っていたけれど、今ではスワイプもダブルタップもお手の物である。

「通販の支払いとかどうなってるの？　神社の住所で買ってるの？」

「主様名義の銀行口座があるので大丈夫です。届いた荷物は外で暮らす者が近所にいるので、受け取って連絡してもらいます」

「ミコト様、口座あるんだ……」

「もちろんですよ。きちんとこの神社も登録していますし、神主となっている者もいますよ。ほとんど顔を出しませんけども」

　ミコト様本人はこのお屋敷でずーっと引きこもった生活をしていたのだけれど、すずめくんたちお屋敷の人々は時代時代に合わせて馴染むように色々と手を回していたらしい。

「すずめらも主様も、人の世から離れると段々と曖昧なものになってしまいます。それは悪いことではないのですが、すずめは現し世が好きなのでまだちゃんとすずめでいたいのです」

「そうなんだ。すずめくん、お出かけするの好きだもんね」

「はい！」

ふくっとしたほっぺで笑うすずめくんは、目まぐるしく変わる人間の生活が好きなようだった。子供の姿で買い物に行くこともあるし、スズメの姿で公園でのんびりすることもあるらしい。反対にめじろくんはどちらかというと出不精で、お屋敷の庭でのんびりしているのが好きだけれど、最近はいろんな果物がスーパーに並んでいるのですずめくんのお土産を楽しみにしているそうだ。

「ルリよ……すずめよ……、いきなり話し掛けられたのだが、これはもう妖になってしまったのだろうか……？」

「ミコト様、それ動画広告です」

タブレットを前に首をひねっているミコト様は長い間生きているせいか、新しいものにあまりついていけていない。ネットで開いたページも端から一言一句読んでいくのでとても時間がかかるし、ネットスラングとかで真剣に考え込んでしまっているのだ。丁寧なのはいいことだと思う。動画に返事してるけど。

ミコト様は自分がよくわからないものであっても、お屋敷の皆が喜ぶのであればそれがよいという考えなので、新しいものをあれこれおねだりされては導入を検討している。

「ルリさま、前は主様、ネットはよくわからないからといって延ばし延ばしにしていたのです。ルリさまがご所望だと知って一生懸命調べて付けてくださって。すずめはルリさまが来てくれてとても嬉しいです」

動画サイトに首を傾げつつも釘付けになっているミコト様を見ながら、すずめくんがこそっと耳打ちしてくれた。柔らかい焦げ茶色の髪の頭をふわふわ撫でると、すずめくんはにこにこしてぎゅっと抱き付いてきた。

最近、たまにやってくれるこのぎゅっがとても可愛い。

「ルリさま、これは何かしら」

「どんな味がするのかしら」

「このお鍋、蓋がとても頑丈なのね」

「どうして煮物が早くできるのかしら」

二人でひとつタブレットを貰った紅梅さん白梅さんコンビは、レシピサイトに夢中である。あれこれと知らない料理や調味料、道具などを眺めてはキャッキャと献立を考えているようだ。

お屋敷で働く他の人たちも新しい技術に興味津々らしく、タブレットは今お屋敷でもっとも人気のアイテムとなった。みんなに親しまれているので、そのうち自分で動き出しそうだ。電子機器の付喪神、ちょっと見てみたい。

夏の庭に面している私室に戻って、圏外だからと最近放置していたスマホを見る。日付は八月九日だった。

ここへ来てから二週間くらいしか経っていないことになる。毎日数えていたわけではないけれど、もっと長い時間を過ごしていたような気がしていた。このお屋敷は物理法則があんまり働いていないようなので、そのせいかもしれない。

ネットに繋げると、メッセージアプリには友達から通知がいくつか入っていた。何気ない話題や遊びの誘いが、途中から私の既読がつかないことを不審に思ったものになる。古いものから順番に見ていって、表示された一文に胸の奥がヒヤリとした。

『ルリの父親って人が電話してきたけど、何かあった？　大丈夫？』

ぽんと膝に乗ってきた鞠ちゃんにビックリして、ぼーっとしていたことに気が付いた。スリープしてしまった画面をタップして、メッセージを読み直す。心配をかけたことに対する謝罪と、遠くにいるので遊べないということだけを簡単に書いてそれぞれに返信した。すぐに返事をくれた子もいて、しばらくやりとりをする。途中、庭の方へ出て、お屋敷の一部と庭を写るように写真を撮る。アグレッシブに飛び跳ねる鞠ちゃんが写り込んだので、手に抱いて撮り直してから添付した。

街中とは程遠い場所にいるというのは伝わったようだ。

そのまま庭に面して低い手すりの付いた縁側に座る。

簀子縁《すのこえん》という名前らしいその場所は、屋根がないので日差しが暑かった。強い日差しが夏の庭をぼやけさせている。


お義父さんが、私を捜している。


手の中で鞠ちゃんがもぞ、と動く。体育座りをし、鞠ちゃんを足と腕で挟むようにぎゅっとしていたので苦しかったのかもしれない。鞠ちゃんが動けるようにと腕を緩めると、体全体に力が入っていたのに気付く。

鞠ちゃんは私の手の中から落ちると、抗議するようにしばらくてんてんとその場で跳ねて、やがて足の先の方から膝を立てている間を通ってくるくると回る。それからぽんぽんと跳ねつつ遠ざかっていき、途中に置いてある几帳の布へボンボンと体当たりをするようにぶつかっていった。

「うっ……これ、しっ」

「ミコト様?」

鞠ちゃんアタックに負けたミコト様が、几帳の裏から気まずそうな顔をして出てくる。その後ろを転がってついてきた鞠ちゃんは、またぽんと弾んで私の手の中に戻ってきた。私がスマホをしまうと、そろそろとミコト様が隣に腰掛ける。

「すまぬ、邪魔をするつもりはなかった」

「大丈夫です」

「うむ……いや……ルリ、その」

ミコト様はしばらく首の後をさすったり上衣の裾を払ったりしてから、そろっと私を見て呟いた。

「ルリはその、大丈夫ではないように見える」

すっと涼し気な目元を少ししょんぼりさせているミコト様は、踏み込んでいいのか悪いのか悩んでいるように私を窺っていた。

太陽の光の中で見るミコト様は、白い肌に黒い目や睫毛が際立ってそんな表情でもイケメン度が強調されていた。黒色の濃い瞳が、青白く見えるほどの白目の中を細かく泳いではまっすぐの睫毛に遮られている。じっとそれを見ていると、ミコト様の白い頬がじわじわと赤くなっていった。

「そ、その、だ大丈夫では、なさそうかと……その……もしその、ルリがよいというのであれば、その、私に手助けできることがあれば、その……ルリ、なぜじっと見る……」

ミコト様の声は段々と小さくなっていって、もしょもしょと喋って久しぶりに袖で顔を隠してしまった。そ、とそこから目だけ覗かせて、目が合うと赤くなりながらもミコト様は付け足す。

「私はルリの力になりたい。だから、困っているならば話してほしい。ルリが怖いものがあるなら、私が側にいて、守りたいのだ。……その、ルリが嫌でない限り」

ミコト様の心地よい声がいつもより優しく伝わってきて、私を気遣っているのがわかった。まっすぐなそれが、胸の奥をゆっくり温めていく。

「一人で抱えているのは辛いことでも、誰かと分かち合えば和らぐ。ルリが私を助けてくれたように、私もルリを助けられよう。私がいることを、忘れないでほしい」

そういってサッと顔を隠してしまったミコト様の袖を揺らすように、鞠ちゃんが跳ねていってポンポンと高そうな絹の衣に当たっている。やめ、やめぬか、とミコト様が反対の手を出しているけれど、巧みにそれを避けては袖を揺らし、ころころとこちらに転がってきては戻ってまた跳ねていた。

ミコト様が左手で顔を隠しながら闇雲に突き出して鞠ちゃんを捕まえようとしている右手を、私の両手で捕まえる。そのまま握るとびびっと驚いたように飛び上がってミコト様は固まった。

「ミコト様、ありがとう」

ミコト様は、何も言わずに私をこのお屋敷に置いてくれた。

新しい部屋も作って、お風呂も変えて、私が過ごしやすいようにしてくれた。

あの時、何も考えずただ逃げたいと思っていた私の願いを叶えてくれた。外のことを、家のことを考えるだけで憂鬱な私の気持ちを気遣って、ただ楽しく過ごせるようにしてくれた。

そして今も、私の不安を分かち合おうとしてくれている。

ミコト様の温かい手のひらが、じんわりと汗をかいてしっとりしてくる。ほんのり赤くなっているその手を両手でしっかりと握って、私は願う。


神様、ちょっとだけ助けてください。


狼狽えるように固まっていた大きな手が、ぎゅっと私の手を握り返した。両手で私の手を包んだミコト様が、黒い瞳でまっすぐと私を見て微笑む。

「その願い、叶えよう」

ミコト様力強い声は、それだけで私を勇気付けてくれる。

ミコト様の声も目も手も、とても誠実だ。だからきっと優しく感じるのだろう。

「う、うむ。うむ。それで、何をする？　ルリ、私に何をしてほしい？」

赤くなった頬を冷ますように扇子で仰ぎながら、ミコト様は小刻みにこくこくと頷いては、まだ繋がれている手を見て扇子の動きを速くしている。照れたらしい。

「なんでもよいぞ。欲しいものならなんでも創るし、私の知らないものなら絵巻やねっとで見せてくれればよい。恐ろしいものがあるなら退治しようぞ」

だから安心してなんでも頼むがよい、とミコト様は笑った。少し照れたようなミコト様にそう言ってもらえるだけでも頼もしい、けれど。

「えっと……具体的にあまり考えていなくて」

このお屋敷の外のこと、神社のある街のこと、私を追っていたお義父さんのことについて、具体的にどうしようという考えを巡らせるのはとても難しかった。

無意識に問題を避けようとしているのかもしれない。安全地帯にいられるようになって前よりは考える余裕ができているはずなのに、どうしたいのか、どうすべきなのかうまく考えられなかった。

「ルリよ、もちろん、無理に言わなくてよい。ルリの心が決まるまで、存分に思いを巡らせてよいのだ。ただ、その、私がその、困ったときに頼ってもよいと思っていると、そう覚えていてほしい」

ミコト様の手は大きくて温かい。

「いつでも、どんなことでも頼ってよい。本当にいつでもだ。ルリが遠慮する必要は少しもない。もし言い辛ければ文《ふみ》でもかまわぬし……そう、最近は今様の言葉にも慣れてきたから大丈夫だ。そのぅ……今はほら、学校とやらにも行かなくてよいのだから、心ゆくまでここで考えるとよい。私の他にも、すずめや梅らもいる。いずれもルリを慕っておるから、困りごとがあれば何を放り出しても手助けするであろう」

あるいは、そうやって甘やかしてくれるたちがここに揃っているからこそ、私はぐずぐずしているのかもしれないと思った。

ここには悩みもなく不安もない。慣れない場所で、沢山の人がいる場所なのに、なぜかとても落ち着くのだ。それはきっとミコト様がとても優しいからで、そのミコト様が心を砕いて過ごしやすくしてくれているからだ。

「今は、まだはっきり思いつかないですけど、してほしいことができたらミコト様に言います。困ったときも」

「そうしてくれると嬉しい。いつでも待っているぞ」

前にどこかで、神様というのは困ったときの拠り所にするものだ、と聞いたことがあった。そのとき私は、誰かに頼って解決する問題なんてその誰かがいなくなったら困りそうだ、と思っただけだった。だけど、ミコト様を見ていると、実際に問題が解決するかどうかというのは関係ないのではないかと思う。

助けてほしいと素直に口に出してもいい人がいる。

その事実だけで心はとても軽くなる。そういう人がいると思うだけで、もう少し頑張ってみようという気持ちになれる。

神様だからそういう気持ちになれるのか、ミコト様の大らかさが安心させてくれるのか、もしかしたら両方なのかもしれない。

怖くても、今より少し前に進めるかもしれない。

そういう気持ちが湧いてくるのも、ミコト様のおかげだった。

「とりあえずのお願いとして、もう少し手を握っててもいいですか」

「か、か、かま、構わぬ！」

白くて指が長くて綺麗な手なのに、握ると意外にがっしりしている。温かくて気持ちいいそれを、私はミコト様が涙目でそろそろ許してほしいと言うまで握っていた。

アウトサイド

薄々気付いていたけれど、ミコト様はしょっちゅう私のことを見ている。

中庭から主屋を見れば九割の確率でミコト様を見つけることができるし、残り一割のときも鞠ちゃんが跳ねていって巧みにミコト様を発見している。食事のときなどはめじろくんに箸が止まっていると叱られていることも度々である。

ミコト様を見ると、目が合うか、サッと目を逸らす瞬間を見ることになる。

あらぬ方向を見ているミコト様をじっと見ていると、チラッとこっちを見てはサッと逸らし、を五回ほど繰り返し、段々挙動不審になって顔が赤くなる。

「主様、お椀」

「う、うむ、すまぬ」

めじろくんに注意され、ミコト様は三つ葉の浮いたオスマシが傾いていたのを慌てて戻して口を付けた。私も同じように口を付ける。エビが入ったなんかふんわりしたつみれっぽいやつと色付きの冷や麦が数本入っていて、柚子の香りも美味しい。美味しいものは、心を落ち着かせる。

「……ときに、ルリよ」

「はい」

同じように心が落ち着いたらしいミコト様が、咳払いの後に切り出した。

「その……、最近、その、わ、私のことをみみみ見過ぎでは……ないか？」

「主様、お茶がこぼれました」

「すまぬ」

湯呑みからこぼれたお茶が畳に落ちる前に、手拭いで拭ったためじろくんがミコト様に文句を言う。今日のお茶は古くなったお茶っ葉を炒って作ったものだ。白梅さんが変わった器で炒るのを見ていたけれど、とてもいい香りがして不思議と眠くなった。

「見過ぎではないですよ」

「そそそうか？」

「多分ミコト様のほうが私のこと見てるし」

「んなん⁈」

ミコト様が痛そうに口を押さえる。舌を噛んだらしい。

向かい側に座っている梅コンビが「気付いてなかったのかしら」「まさかね」「バレていないと思ったのかしら」「まさかねえ」とひそひそしていた。

すずめくんは私の隣で豆ご飯をまくまくと口に入れ続けている。

「そ、そな、み、ル、そ」

挙動不審にお茶をむやみにお代わりしているミコト様は置いといて、私はお茶碗をまた空にしたすずめくんに話しかける。

「そういえばすずめくん」

「はい」

「今日、でなくてもいいけど、外に出かけたいなと……」

「だめです‼」

しゃもじをぽろりとおひつに落としたすずめくんが、ぽかんとした顔のあとで大きく頭を振った。握りっぱなしだったお茶碗も置いて、座布団を乗り越えて私にしがみついて捲し立てる。

「どうしてですか？　ルリさま、現し世のことが嫌になっていたのでしょう？　お屋敷を好きだって仰ってくれたでしょう？　ルリさまが快くいられるようすずめがもっとお世話します。現し世の物が欲しければすずめが取ってきます。だからずっとここにいて。お願いです」

「す、すずめくん、落ち着いて」

「いやですいやです。すずめはルリさまから離れません！」

小さい手は意外と力強く私を締め付けてきた。反対側からミコト様がオロオロと声をかけてくる。

「すずめや、とりあえず座らぬか」

「ルリさまがお屋敷にずっといると言うまですずめは離れません！　主様がルリさまをきちんと誘惑しないからです！　主様のばかばか！　甲斐性なし！」

「すずめくん、ミコト様がショックうけた顔してるから」

「ルリさま、出ていかないでください。すずめを置いていかないでください」

「ル……ルリよ……私が不甲斐ないせいで……」

「ミコト様もつられないで」

広間でご飯を食べている他の人もこっちをじっと見ているし、向かい側の梅コンビはしくしくと袖で顔を隠している。梅コンビはどうも泣き真似くさいけれど、すずめくんは目をうるうるさせながらしがみついているし、ミコト様は顔色をなくしているし、めじろくんはじっとりとこちらを責めるように見つめていた。

「いや、出ていくとか言ってないから。ミコト様のお面の材料とか見たいし、買い物行きたいなって思っただけ」

「……ほんとうですか？」

「ほんとほんと」

「そのまま逃げようと思っていませんか？」

「思ってない思ってない」

「じゃあ主様に、もし逃げようとしたらお屋敷から出られなくなる呪《まじない》を掛けてもらってください」

「なにそれ怖」

転んでもタダでは起きないすずめくんをなんとか説得してマジナイは回避し、出掛けている間はすずめくんの手を離さないということで合意した。

家に戻れる気はまだしない。

でも、外に出てみようと思えたのはミコト様のおかげだ。

そう伝えようとしたけれど、マジナイ回避にややがっかりした顔に見えるミコト様を見てなんとなくやめた。


そわそわ、そわそわそわそわ。

あっちこっちを行ったり来たり、外は暑いので帽子を持っていくがよいとか、夕方涼しくなるといけないから上着も必要とか、物盗りに遭わないようにキンスは分けて持つべきとか。

出掛けない予定のミコト様が一番あれこれと心配している。

「よいな、よいなルリ。何か困ったことがあれば駆けつけるから、すぐに私の名を呼ぶのだぞ。この依代はそなたを守るし、狛犬らを呼んでもよい。逃げるにはあれの背に乗るのが一番だろう。ああ、依代は足りるだろうか、もう少し持っていくか」

「いやもう入んないから」

懐紙を半分に折って作った顔のない紙相撲みたいなやつが、私の小さいバッグにわさっと入っている。十分おきに使わない限りこれがなくなることはないはずだ。

もういっそ付いてきたらいいのにと思うけれど、傷のことがあってミコト様も踏み切れないようだった。顔にあるので包帯をしていてもやっぱり目立ってしまうし、今までずっと引きこもっていたのだからおいそれと出てこれなくて当然かもしれない。

「もーう！　主様、すずめが付いていますから大丈夫ですよう！　早く行かないと！お昼はパンケーキのお店予約してるんですから！」

「おお、そうか、すずめよ、くれぐれも頼むぞ。疾《と》く帰ってくるのだぞ。ルリ、不安なこともあろうが……」

「はい行ってまいります主様！」

「いってきまーす」

「ああっルリ……！」

Tシャツ短パンに野球帽という小学生らしい姿のすずめくんが、ミコト様の話を聞き流して走り出した。意地でも手を放さないというかのようにぎゅっと手を繋いでいるので、私もミコト様に手を振ってお屋敷を出る。その先の建物から繋がっている渡り廊下を通れば、来たときと同じように朽ちかけたお社に繋がっていた。

「ルリさま、お靴をどうぞ。木板の棘が刺さるといけませんから」

「ありがと、すずめくん」

崩れかけた格子から顔を出すと、蝉の鳴き声がわんと耳に響いた。

アスファルトで熱された空気が木の生い茂るここまで届いていて、むっと湿気が肌を包み込むような感じがする。お社を覆うように伸びた木々の間から、ほんの少しだけ届く太陽がキラキラと輝いていた。

ここは外で、紛れもなく夏だ。眩しくて、暑くて、そしてどこか暗い雰囲気の夏。

今歩いてきた、神社へ入る道の方が随分明るいように見える。

そっちをぼーっと眺めていると、繋いだ手がぎゅっと握られた。

「ルリさまルリさま、今日はすずめがおりますからね。どーんと任せておいてくださいね」

「うん」

傍で私を見上げたすずめくんがきゅっと笑う。

それだけでなんだか肩の力が抜けた。

小さい子供の姿なのに、とても頼もしく見える。

「えーっと、やっぱりまずは本店に行きますか？　大きいし、色々揃っているでしょうし。手芸のものが欲しければ、蒲田に寄ってもいいですね。お昼の予約が十二時なのでそれまでに一回りして、午後にもう一度行ってもいいですし」

「おまかせします……」

私はまだ新しい匂いのする車の後方座席で、大人しく頷いた。

頼もしく見えたというか、すずめくんガチで頼もしい。

神社から出てすぐの車道で黄色くて可愛い車を捕まえたすずめくんは、私を引っ張って車に乗り込み、行き先を運転手にちゃっちゃと指示する。

運転手は大人しい美人で、私に黙礼し、すずめくんの指示にも頷いて何も言わず車を発進させた。

「これは蝋梅といいます。現し世で暮らして様々な都合を付ける役をしてるんです」

「あっ……あの半透明の黄色い花の？」

蝋梅という、蝋細工で作ったような甘い香りの花をつける木の枝は、ミコト様がよく文を結んで送ってくれるので知っていた。いい香りだし花も可愛いのでお気に入りの花の一つだった。

蝋梅さんはミラー越しににっこりと笑って頷く。

人間離れした美人だけど、笑うと親しみやすさが出てとても可愛く、よく見ると左の目元に小さいほくろがあるのが色っぽい。紅梅さんと白梅さんほどそっくりというわけではないけれど、匂い立つような美人という点では同じくらいだった。淡黄色のブラウスに品のいいスカートを合わせていて、髪は黒いストレートだけれどセミロングくらいの長さで揃えている。

「今日は暑いし、蝋梅に送迎をさせます。荷物が増えても車だと安心でしょう?」

「確かに助かるね」

神社からそう遠くないところに私の家がある。

車はそれとは反対方向に進み、そのまま首都高に乗った。すずめくんはおしぼりを出してくれたり、あれこれ買うものを確認したり、私に絶えず話しかけてくれる。外に出ることに少し不安があった私を気遣ってくれているのがわかった。

「すずめくん、ありがとね。すずめくんがいてくれてすごく助かってるよ」

「えへへぇ」

ふくっとしたほっぺを少し染めたすずめくんが、照れ隠しのようにこてんと繋いだ腕に凭れかかってきた。弟がいたらこんな感じなのかな、と嬉しい。

「今日のお昼はハッピーマンゴーパンケーキセットですよう。アルフォンソマンゴーたっぷりにココナッツクリームを組み合わせた今日から二週間の限定メニューで、予約するのに苦労しました。すずめはとても楽しみです！　しょっぱい系も頼んでいるので、二人ではんぶんこしましょうねぇ」

私はすずめくんがＳＮＳをやってても別に驚かない。

「ほんと頼もしい……」


世の中にこれほどお面需要があるとは知らなかった。

普通のお面は木を彫ったり、台座を作って和紙などを貼っていって作るらしいけれど、最近はキットも販売していて、薄いプラスチック製で模《かたど》られたお面の下地に紙粘土などで装飾することができるらしい。お面の形にもバリエーションがある。

「こういうの軽くていいんじゃないかな。通気性はどうしよう。普段は外してもらうのがいいのかなやっぱり」

「ルリさまから贈られたのなら、主様はたとえお休みの間もお召しになってそうですけどねぇ」

「あ、布で作るのはどうかな？　手拭いって軽いよね」

アクリル絵の具で模様を描いてもいいし、飾りに使えそうなものも沢山ある。

すずめくんとあれこれ喋りながらお買い物をするのは楽しかったし、蝋梅さんもにこにこしながら付いてきてくれる。

レジでは私がカゴを持っていって、すずめくんがお財布係。見た目小学生なすずめくんに出してもらうと、なんだか非常に自分がダメ人間になった気持ちになった。

「すずめくん、私車乗る前にお手洗い行ってくるね」

「わかりました」

すずめくんがずっと手を離さないというのを文字通り体現するように、ぎゅっと手を握ったまま女子トイレまで付いてこようとするのは流石に止める。

「いや、トイレは一人で行くから。個室だし無理だからね」

「大丈夫です。すずめは小さいですから」

「どこも大丈夫じゃないから」

「じゃあ変化を解いていきますから」

「いや全然解決してないからね」

女子トイレで何が起こるというのか。

トイレから脱走すると思われているのだろうか。変化を解いてということは、スズメ姿になって一緒に個室に入る気なのか。すずめくんの徹底ぶりが怖い。

押し問答の結果、蝋梅さんが付いてきて洗面台の近くから見守るということですずめくんは渋々納得した。すずめくんもその間にトイレに行くと言っていたので、妥協案に合意されなければもしかして私も男子トイレに入る羽目になっていたのではと思うと非常に怖い。

「あれ、箕坂？」

無事にトイレを済ませて歩いていると、後ろから名前を呼ばれた。ドキッとして立ち止まると、荷物を持ってくれている蝋梅さんがそっと一歩私に近付いてきた。

声の主は顔を確かめるように回り込んでくる。

「箕坂だろ？　偶然だな」

「百田《ももだ》くんか、びっくりした」

ボウズ頭にちょっとくたびれた制服、肩には高校名と名字が刺繍された大きなスポーツバッグを掛けている。

小学生の頃からのクラスメイトが不思議そうな顔をして私を見下ろしていた。

「久しぶり。制服ってことは今日も部活？」

「試合終わって遊びに来てんだよ。そしたらノビがまた腹壊してな」

「ノビくん冷房苦手なんだっけ」

うちの高校の野球部はセンバツには早々に敗退して、のんびりしごかれているらしい。百田くんは一学期に見ていたよりも明らかに日焼けで黒くなっていた。まだ八月上旬なので、これからさらに黒くなるのだろう。

「てかお前大丈夫なのか？　うちに連絡来てたぞ、家出したとか何とか」

周囲をちらっと見回してから少し声を潜めた百田くんは、心配そうな訝しそうな顔をしている。何度か同じクラスにもなっているせいで、私の家が少しややこしいことを知っているのだ。

「何かトラブってんの？　親父さんの様子、かなりヤバそうだったぞ」

「えっと……まぁそんな感じかもしれない。迷惑かけてごめん」

「別に迷惑ではないけどよ。家帰ってないのか？　あの父親のことで困ってるなら寺《ウチ》に相談しろよ。無駄に部屋あるし、オカンに言えば泊まれると思う」

　百田くんの家は大きなお寺で、親御さんが町内会とかＰＴＡとかであれこれやっているので私も見たことがある。百田くんのお父さんは貫禄があって物事に動じない住職だし、お母さんはハキハキして面倒見のいい人だ。ものすごい悪ガキだからとお寺に預けられた子とかもいるらしいので、もし私が事情を話したらおそらく一時的に保護もしてくれるだろう。

「ありがとう、でも……」

「行きません！」

　断ろうとしたら、ぎゅむっと私のお腹にしがみついてきたすずめくんが先にきっぱりと却下した。

「ルリさー……んはすずめと一緒に帰ります！　まっすぐ帰るんです。どこにも行きませんから！」

「……箕坂、親戚の子とか？」

「そんな感じかな……」

流石にサマ呼びは違和感あると思ったのかすずめくんはちょっと口籠《くちご》ったものの、勢いよく首を振りながら私にぎゅーぎゅー抱き付いている。百田くんはそれを戸惑ったように見ながら質問してきた。

長年の付き合いなので、私が一人っ子だということも知っているのだ。

「親戚の家にいるのか？　お前のとこの親、あれは本気でヤバそうだぞ。手を打つなら早めにしたほうが」

「ルリさんはきちんとお守りするから大丈夫です！　ほっといてください！」

「ほっといてっつってても……おいちょっと待て、お前」

坊主頭でちょっと無愛想な百田くんは一見怖そうに見えるけど、野球部の次期主将といわれていたり、子供会で小さい子の面倒を見ているだけあって面倒見がいい。

百田くんはすずめくんを説得するようにしゃがんで目線を合わせ、そのまま怪訝な顔になった。目の悪い人のように、目を細めてすずめくんを凝視している。

「箕坂……こいつ、本当に親戚か？　つか、そっちの人も連れ？　お前マジで言ってんの？」

「えっ」

傍で黙って立っていた蝋梅さんも同じように目を細めながらジロジロと見つめてか

ら百田くんは立ち上がり、先程よりも深刻そうな顔になった。

「お前、父親といい一緒にいるこいつらといい、なんかヤバイ状況じゃねーのか。こいつらのこと、わかってるのか？」

「え……えぇ～っと……」

お寺の息子というのが関係しているのかわからないけれど、百田くんにはすずめくんや蝋梅さんが普通の人間ではないということがわかってしまったようだ。

どういう反応を返すべきなのか迷っている私を見て百田くんは察したらしい。頭を掻いて溜息を吐き、それから私に手を差し出した。

「とりあえずマジで寺《ウチ》来い。父親に知られるのが嫌なら親に黙ってるよう俺も説得するから。ずっとそいつらにお世話んなるワケにいかねーだろ」

「駄目です駄目です！　行きません！　お屋敷に帰ります！」

親父に車回してもらう、と言いながら私の肩をぽんと叩いた百田くんの手を、すずめくんがジャンプして叩き落とそうとする。とはいえすずめくんは子供の姿だし、毎日部活でしごかれている野球部に対抗できるほど筋肉があるわけではない。すずめくんが騒げば騒ぐほど百田くんは心配そうな顔になって、とにかく来いと私の腕を掴んだままスマホをいじっている。

トイレの前のスペースはあまり人がいないけれど、心配そうな顔をしている男子高生に泣きそうな顔の子供、あとだんだん不安そうな顔になってきた美女に挟まれた私は風景に溶け込みにくく、通る人が不審そうな顔でこちらを見ていた。

「あの、百田くん、心配してくれるのは嬉しいんだけど、お邪魔するのも悪いし迷惑かけるつもりもないから」

「そういうんじゃなくて、お前状況わかってないだろ」

「別にすずめくんも蝋梅さんも、えっとちょっと変わってるけど、それ以外はすごく優しくていい人たちだし」

「そういう意味じゃない。お前、あの父親のこと」

「もー！　駄目です！　ルリさまに触んないでください！」

私の腕を掴み深刻そうな顔で引っ張る百田くんを、すずめくんがバシバシ叩く。ダメージがないようだとわかると、すずめくんは百田くんの腕に噛み付いた。あまり強い力ではなさそうだけど、半袖シャツを着ていたせいで素肌を噛まれた百田くんが、いってぇと声を上げる。

「あぁちょっとすずめくん！　ダメだよそんなことしたら！」

「ふいはははふひははほおほへはふへふ」

「何言ってるか全然わかんないしとりあえず人は噛んじゃダメだから！　怪我するから！」

血が出るほど噛んでいるわけではないけれど、私が引き剥がそうとしてもすずめくんは噛み付いたまま剥がれない。百田くんも百田くんで、子供の力なら振り払えそうなのをそうせずに私の手首を掴んだまま耐えている。どっちも退くことのない膠着状態で両方を説得しながら困っていると、遠く、百田くんの背後から声が聞こえた。

「すずめ、やめよ」

「主様！」

小さくてもよく通る声は、穏やかなのに強制力があるような響きだった。

すずめくんはぱっと口を離して笑顔になる。けれどそれとは対照的に、百田くんは真っ青になり口元を押さえながら思わず力が緩んだという風に私の手首を離した。

「すまない、うちの者が無礼を働いてしまった。怪我はないか」

「う……」

「百田くん？　あ、ミコト様洋服だ」

「うむ、その、たまたまその、出掛けたい気分になったのでな、たまたまこう……そう、偶然に……」

ミコト様はチノパンに生成《きなり》色の開襟シャツ、青緑のカーディガンをプロデューサー巻きにしていた。靴はこなれた革靴で、足首がチラ見せされて夏らしさを演出している。スタイルがいいのでおしゃれ感が出ているけれど、顔のガーゼを隠すためか片側に不自然に流した長い髪と斜めに被ったカンカン帽、マスクが怪しさ満点だった。

「ミコト様、誰にスタイリングしてもらったんですか」

「梅らがその、街へゆくなら今様の衣がいいと……」

「意外と似合ってますよ」

「そうか！　その、ルリも、朝は言いそびれたがその、夏らしくてよい。袖がえらく短いが」

お屋敷にいた時には上着を羽織っていたけれど、外が暑くて脱いだままだったのでミコト様は半袖が気になったらしかった。手と顔しか出ない着物を見慣れているミコト様からすると、やっぱり洋服は露出が多いようだ。

「その、蝋梅が呼んだので少し寄ってみたのだが、すずめが困らせていたのではないか」

「同級生と会ってちょっと話をしていて……」

すずめくんと蝋梅さんの正体を見破られた挙句、心配されて寺へ行く行かないの問答になっていました。というのをストレートに告げてもいいのか迷っていると、百田くんがうっと小さい声を上げて前かがみになる。

その顔は真っ青というより真っ白になっていた。

「百田くん、大丈夫？　具合悪い？」

「お、まえ、平気なのか」

しっかり押さえた口元から漏らすように喋った百田くんが、目だけでミコト様を一瞬見る。ぐっと喉を締めるような音を上げて、素早く顔をそらした。目を瞑って、吐き気に堪えるように体を強張らせている。脂汗を掻きながらも足を踏み出して、口元を押さえていないほうの手で私の手をもう一度掴んだけれど、それを見咎めたすずめくんがミコト様！　と声を上げると手を離した。というより、百田くんの腕の力が抜けてしまったように私の手から落ちたような感じだ。

「百田くん、顔色が」

「悪い……聞け箕坂、お前の、父親は」

「え？」

絞り出すように喋っていた百田くんはそこで限界が来たのか、すまん、と小さく呟くと逃げるように男子トイレへと駆け込んでしまった。

私の、父親は。

その後に消えるように続いたのは、私の聞き間違いでなければ、「ケガレが」。

百田くんは、何が言いたかったんだろう。

そして、まるでとても嫌なものが近くにいるかのように怯えている姿は、普段あまり動じない百田くんらしくなかった。

子供の頃から妙に地に足をつけているような落ち着きのあった百田くんが真っ青になり、必死で背を向けるようにしていた場所。そこには悲しそうな顔のミコト様が立っているだけだ。

あの様子は、ミコト様が神様だからなのだろうか。それとも、ミコト様に傷があるからなのだろうか。

非常に気まずい空気を変えてくれたのは、もうひとりの男子高校生だった。

「ふぃ～。おっ？　おっ？　もーしーかーして？　あのーアレだわ、ミノ……ミノ……」

「箕坂です」

「そうだわミノサカさんだわ！　俺わかる？　ノビノビ。同じクラスの」

自己申告の通り非常にのびのびした通称ノビくんこと野蒜《のびる》くんは、野球部なのにチャラいというので学年的にそこそこ有名な人だった。怖い監督の前ではちゃんとしてるらしいけど、廊下や教室ではこの喋り方逆に疲れないんだろうか、と思ってしまうくらいにチャラい。野球部なのに髪も長めで微妙に茶髪だし。

今年同じクラスになったけれど私とはほとんど喋ったことがないのに、非常にフレンドリーである。ぎゅっと再び私にしがみついたすずめくんにも、ミコト様にもちぃーすと気軽に挨拶して、蝋梅さんには超美人っすね！　と握手を求めている。

「こんなとこで会うとかマジ偶然じゃね？　つかモモ知らね？」

「今トイレ入っていったよ」

「入れ違いとかまじかー……あいつもキタか。ちょっと様子見てくるわ。ミノさんも腹壊すなよ！」

　じゃーまた学校でうぇーい！　となぜか指をくっつけたピースみたいな古めかしいポーズを取って、ノビくんは颯爽と男子トイレへと去っていった。全く空気を読まない人だけれど、そのお陰で気まずさが流されて一種の清々しさすら感じる。彼があんなチャラいのに色んな人に好意的に見られているかがよくわかった。

「ミコト様、帰りましょうか」

　立派な大人だというのに外国で迷子になった子供のような風情で立っていたミコト様に声をかけると、びくっと肩を震わせて恐る恐るこちらを見た。

　そのまま固まったミコト様に手を差し出すと、じっとそれを見下ろしている。それからじわじわと迷いながら差し出してきた手は、すずめくんがガシッと掴まえて私の手にジョイントさせた。先程までとは違ってごきげんになったすずめくんは、反対側の私の手にしがみついている。

「ルリさま、ミコト様、蝋梅、早く行きましょう！」

「そだね。大体材料も揃ったし」

「またあの無礼者が近付いてきたら困ります。それにパンケーキの予約時間もそろそろです！」

ぐいぐいと引っ張られて、私が歩き出し、それにつられてミコト様も足を踏み出した。ミコト様を振り返るとまだ怒られた犬のようにしょんぼり心細そうな顔をしていたので、ぎゅっと握った手に力を込める。すると少し目を見開いて、ガーゼのない右頬をじわじわと赤くした。

「……ル、ルリ、その、……その、」

「ミコト様、早く行きましょう。パンケーキですよ」

「ぱ、ぱんとけえきか」

「パンケーキはパンとケーキの中間っぽいやつです」

「なるほど、それは美味しそうだな」

「あっ二名で予約してますから、主様は蝋梅と車で荷物番しててくださいね！　テイクアウトを買ってまいりますから！」

「えっ……」

蝋梅さんは既に知っていたのかおっとりと頷いたけれど、最近パンが好きなミコト様はすずめくんにズバッと断られてショックを隠しきれないようだった。ここまで来て主であるミコト様にパンケーキの座を渡さないとは、すずめくんはよほど限定のパンケーキを食べたかったらしい。

　パンケーキ、パンケーキ、とお店に入ってからもワクワクした顔で待ちかねているすずめくんは、すっかりいつも通りになっていて少し安心する。

「うわぁ……！　マンゴー、たくさんですね！　ルリさま、この大きいのあげます！」

「ありがとう。クリームもたくさん食べていいよ」

「はい！　このクリーム、あっさりで美味しいです！」

　ドーンとマンゴーが山盛りになったパンケーキを食べながらすずめくんがはしゃいでいる。もう吹っ切れたのかいつもの呼び方をしているけれど、子供にサマ付けさせてる……と周囲が少しヒソヒソしていて若干気まずかった。


　限定パンケーキを堪能した私とすずめくんは、ミコト様と蝋梅さんへのおみやげに一番人気のチョコベリーパンケーキを携えて車へと戻る。変わった紙箱に入ったパンケーキはクリームが溶けやすいので、ちょっとお行儀が悪いけど駐車場に停めた車の中で食べてもらうことにした。

　すずめくんが開けた後部座席の左奥でミコト様がちょんと行儀よく座っていた。私にその右側へ乗り込むよう促したすずめくんはさっと車を回り込み、蝋梅さんの隣、助手席へと収まってしまう。私はミコト様の隣に座った。

「クリームをパンケーキに載せて食べるんです」

「ほおぉ、くりいむとは……なんとも……」

その物珍しさにパチクリしていたミコト様は、プラスチックのフォークを使ってパンケーキを小さく切り、赤いベリーソースのかかったクリームと一緒に口の中へ入れる。するとパッと表情が明るくなった。

「なんと美味な！　ぱんけえきもくりいむもふんわりとして甘い。水菓子の甘酸っぱい味がよい！」

「ミコト様、甘いもの好きですもんね」

「うむ。これはよい。ぷりと同じくらいに好きだ」

「プリンねプリン」

ミコト様はニコニコパクパクと笑顔でパンケーキを食べている。前の座席では蝋梅さんも手を付けていたけれど、半分くらいすずめくんの口に入っていた。

あのふくふくほっぺであーんとねだられたらつい分けてしまう蝋梅さんの気持ちはわからなくもないけれど、すずめくん、あんなに沢山食べたばっかりなのにすごい。

蝋梅さんもとても楽しそうにすずめくんの口に入れていくなあと眺めていると、ミコト様が急にソワソワしだした。

「んんっ……そそそのルリもこれを食べてみてはどうかっ」

「え？　あ、いいです。お腹いっぱい過ぎて何も入らないんで」

「そ、そうか」

いきなり早口で言われたので一瞬聞き取れなかったけれど、ミコト様は味見をさせてくれる気持ちだったらしい。私はしばらくパンケーキはいいやと思うくらいに満腹なので断ると、ミコト様はしょぼしょぼとした顔でパンケーキを食べた。

「ではでは、帰りましょう〜！」

蝋梅さんとミコト様がパンケーキを食べ終わると、すずめくんが発進の音頭を取った。まだ太陽は高いけれど必要なものは買ったし、色々あって疲れたので帰るにはちょうどいいくらいかもしれない。

上半身を背凭れにぐでんと預けてみると、眠気がすぐに襲ってきた。そのまま隣に座るミコト様を見ると、両手で自分の前にあるシートベルトを握りながら前を向いている。けれどもチラチラとこっちを見ては前に向き直るのを繰り返しているので首から上が忙しそうだった。

さっきから鞄の中で、スマホが何度か震えている。

ミコト様を見ていきなり真っ青になった百田くんには何が見えていたのだろう。

そして、そんな状態で何を伝えようとしていたのだろう。

考えてみても、私にはわからない。私の目には親切でシャイで引きこもりだけど優しいミコト様にしか見えないからだ。

ミコト様はそんな百田くんの反応に怒るでもなく、ただ仕方がないというように何もしなかった。百田くんの態度に驚くこともなかった。諦めたようなその姿は、見ていて少し切なくなった。

「あ、寝ちゃいましたか？　ミコト様、ルリさまにブランケット掛けてさしあげてくださいい、その後ろの毛布です」

「う、うむ、これか」

ひそひそと話し声が聞こえ、しばらく後でふわっと体を覆うように何かが降ってきて温かくなる。

私には見えていないことがたぶん色々あるんだろう。もしかしたら、百田くんについていったほうがよかったと思うことがあるのかもしれない。

けれど、きっと私にしか見えていない部分もある。

「ミコト様、まだしばらくかかりますけど、先にお戻りになられますか？」

「いや、よい」

ふわっとかかったブランケットの下で、座面に置いた手の先に何かが触れる。車の揺れで触れたようだったそれは、少しずつ接点を広げていった。

ミコト様がどんな人であっても、私に手を差し伸べてくれて、私が助かったと感じたのは事実だ。お屋敷の中で暮らしているミコト様とのやり取りは、私の心の中にある。例えこの先ミコト様のことをもう少しよく知って、違う面を目の当たりにしたとしても、それだけは誰にも否定することができない。

段々とぼやけていく意識の中で、私は指を動かしてミコト様のそれを捕まえた。

マスクドマン

私たちが外に買い物に出てから数日が経った。

百田くんはあれから何度かダイレクトメッセージを送ってきて、私に百田家へと来るように説得してきた。私にその意思がないということがわかると「気が変わったらいつでも連絡してこいよ。あと登校日忘れんなよ」とだけ返してくれた。

非常に面倒見がいい百田くんを心配させてしまったことは申し訳ないけれど、会えてよかったと思う。私にとってネガティブなものしかないと思いこんでいたお屋敷の外の世界に、まだ私を心配してくれる人がいるのだと思い出せた気がして、気持ちが少し楽になった。

「ほ、本当にそれを着けるのか……？　それを……？」

「じっとしててください」

そんなわけで再びお屋敷でわりと暇な日々を過ごしている私は、試行錯誤を重ねながらミコト様のお面制作に励んでいた。

「こう見えて見た目ほど重くないですよ。ほら」

「そういうことではないと思うが……」

ミコト様の手には、私の力作「メガ盛りマスク」が載っていた。カラフルな造花とスワロフスキー風シールを存分に使ってデコッたそれを、ミコト様は非常に悩ましげな顔で見つめている。

最初はミコト様の傷のサイズや痛みがない重さなどを考えて作っていたけれど、無地のものより何か飾りがあったほうが面白いし、ミコト様も喜んでくれたので色々なテーマの仮面を作ってはミコト様に試着してもらっているのだった。

「このようなものはその、ルリのような女子《おなご》が似合うのでは」

「大丈夫です」

「何が大丈夫なのか……！」

「じっとしててくださいね、ガーゼ取るんで」

そっとミコト様の顎辺りを触って固定すると、う、と呻いたミコト様が渋々大人しくなる。ゆっくりと負担にならないように顔の左側を覆う布を取り、重ねられたガーゼを剥がしていくと、黒くなった軟膏が僅かに肌に残っていた。それを温かいお湯で絞った手拭いを当ててそっと拭き取る。そこへまた薬師如来様のお薬を塗ろうとして、傷口の様子に気が付いた。

「なんかミコト様の傷、少し治りかけてる気がしませんか？」

「気のせいではないか？　相変わらず痛むときもある」

「うーん……」

ミコト様の傷は輪郭がいびつな形をしているので、変化がわかりにくい。でも、血が滲んでいた部分は明らかに小さくなっているように感じる。

とはいってもこの傷をジロジロ見ているのは私だけだし、ミコト様に至っては布で覆わない限り鏡に近付こうともしないので確認しようがなかった。

早くよくなりますように、と祈ると、至近距離で目を瞑っているミコト様がぽわっと赤くなった。

この願い事が直に通じるシステム、どの辺りまで有効になってるんだろう。

何かオヤツ食べたいとか、南の島に行ってみたいとかそういう何気なく思ったことまで筒抜けだったらちょっと気まずい。

「る、ルリ、そのぅ……まだか」

「まだですね」

妙薬らしい軟膏をそっと塗りつつ、ぷるぷる震えているミコト様の睫毛を存分に鑑賞してからガーゼを当て直し、ぐったりとなったミコト様にそっとお面を被せた。

フラワーでデコラティブなミコト様。中々似合っている。

微妙な顔をしていた本人も、持ち上げていると恥ずかしそうな感じから満更でもない感じになり、午後には慣れて普通の態度になっていた。

マスカレード風とか寄せ書き風とか色々作っているけれど、変わり種のマスクのほうが実は喜んでる感じがする。そう話したら、ミコト様は私がどう作ろうかワクワクしているのを見るのが楽しいらしい、とめじろくんが教えてくれた。

ちょっとお面制作のモチベーションが上がった。


その夜、私は夢を見た。

しくしくと誰かが泣いている。私は悲しそうにすすり泣く声を頼りにお屋敷を歩き回る。夢の中のお屋敷は昼間なのに薄暗く、誰もいない。秋の庭に面する北側の建物に行くと、しゃくりあげる声が大きくなってきた。

庭に降りてあちこち捜し回ると、一本の木の下で小さな子供がしゃがみこみ、俯いて体を震わせている。

白っぽい服は膝丈くらいの着物で、それよりは少し色のついた帯を締めている。木の幹の方に体を向けているので背中しか見えないけれど、すずめくんより小柄で痩せていて、しゃがんだ状態でかすかに見えている真っ白くて細い足が何も履いていない状態なのが痛ましいほどだ。

「どうしたの？」

問いかけても返事はしゃっくりだけ。ひくひくと肩を上下させて腕で忙しく顔を拭っている。

そもそもお屋敷にこんな子がいただろうか。そう思いながら側にしゃがんで何度か声を掛けるけれど子供は泣いたまま動かない。そっとしておいてあげたほうがいいかもしれないと立ち上がって戻ろうとすると、不意に手が引っ張られた。

振り返ると、しくしく泣いている子供がいつのまにかすぐそばに立っていた。俯いているので顔は見えないものの、私の指を二本ぎゅっと掴んでいる力だけはしっかりとしている。

どうかしたのか、おやつでも食べるかと訊こうとした瞬間、庭も子供もぐにゃりと歪む。夢から覚めるときの引っ張られるような感覚を感じながら、ゆっくりと顔を上げる子供が視界に入る。それが何故かひどく恐ろしく感じたけれど、目が醒めるにつれてその感覚も一緒に遠くなった。

「ルリさまぁ、ごはんできてますよぉ～?」

戸の向こう側からすずめくんが声を掛けている。

目を開けると、部屋に眩しい光が差し込んでいた。

「いつまでも起きてらっしゃらないので、お加減がお悪いのかと思いました」

「いや別に、寝過ごしちゃっただけ」

急いで支度をして主屋へ行くと、他の人たちはすでに揃っていておひつが回り始めていた。

妙にソワソワとしていたミコト様が、私と目が合うとビクッとする。

「遅れてすみません」

「イヤッそん、ぜ、待っ」

何故か挙動不審だけれど怒っていないようだし、ミコト様が挙動不審なのは割といつものことなのでとりあえずお膳の前に座った。

ミコト様はちょっと視線をふらふらさせながらも、めじろくんにお茶碗を渡している。その顔にはラメの入った塗料で模様を付けた、左側だけのお面が着けられていた。マスカレード的な派手なデザインを目指して作ったものだけれど、ミコト様の顔がいいせいか何故かしっくり似合っている。

なんか高そうな絵の書かれたお皿の上にウィンナーとピクルスっぽいお漬物が載っている。おひたしの入った小鉢には金魚の絵が描かれていて、赤に黒ぶちの入った金魚が尾びれをひらひらさせつつ小松菜から落ちた胡麻をツンツン突いていた。

つやつや光るご飯を食べていると、めじろくんが顔を上げてこっちを見る。

「ルリさま、主様が今日の午後から雨になさるそうです。降る前にみかんを採って頂けますか?」

「いいよー。冬の庭はまた雪になるかな？」

「その、ルリは雪が好きなのか？　いつも震えて庭に出たがらないようだが」

確かに冬の庭に雪の多いときは外に出ないというか西の建物にも近寄らないことが多いけれど、なんでミコト様が知ってるのだろう。ご神力で見てたのだろうか。

たまに眠いときに夏の縁側でこっそり寝転んでいるのもバレてるのだろうか。

じっとミコト様を見ているると、ミコト様がソワソワし始めて、だんだんしょんぼりし始めた。いつもは恥じらって袖に隠れるので、珍しい反応だ。

「その……すまない……」

「えっ」

「昨日ルリに貰った面を……壊してしまった！」

ガバッとこっちに向き直ったミコト様がばっと身を伏せた。

なんでも浮かれてあちこち見せびらかしていたら、中庭の庭で黒い鯉が跳ねてお面を池に叩き落とされてしまったらしい。

なんだ。覗き見ていたことを詫びられたわけではなかった。

「濡れて鯉と揉み合ってるうちに花などが取れて……藻が付いてしまい」

「まあちゃっちいやつですからね。材料はまだあるし作ればいいんで大丈夫ですよ」

「すまない……本当に……ルリがせっかく作ってくれたのに……」

「てか池入ったんですかミコト様……」

どうやらお面を壊したことを気に病んでいたらしい。あんなふざけた感じに花盛ったやつなのに。

「また作るし気にしないでください。昨夜も作ったし」

「そっそうなのか！　いやでもひとつひとつ違うものを作ってくれたのに……」

小さくしょぼくれているミコト様はちょっと可愛いけど、落ち込んでるのはかわいそうだ。私は早速昨夜作ったお面を取りに行くことにした。

のだけれど。

「ない！」

東の建物の中央あたりに位置する大きな部屋、そこがミコト様の用意してくれた私の部屋だ。そこにそこがある低くて細長い机でいつも作業しているのだけれど、寝る前に完成させてそこに置いてあったはずのお面が消えていた。

机といっても引き出しもないシンプルな作りだし、材料を入れている箱の中にもない。部屋は板張りでだだっ広い空間に几帳や畳などを置いてあるだけなので、どこかに紛れ込んだり置き忘れることもない。

「なんで？　ここに置いてたのに」

「ルリさま、近くにある押入れも捜させますね」

小さい机を持ち上げて下に落ちてないか見ている私に、すずめくんが気を利かせて声を掛けてくれた。

覚えてないけど寝室に持っていったとか？　と隣にあるヌリゴメという名前の寝室を見てみてもない。通りすがりの人たちに見てないか訊いても首を振られる。庭にも台所にも落ちてない。

「どういうことかわかんないけど、作ったお面が消えました」

「なんと……」

私も微妙にショックだったけど、報告を聞いたミコト様がますます落ち込んだ顔になってしまった。お茶を入れためじろくんが気を使ったのか、みかんをひとつ付けてミコト様に出している。私にはお漬物を付けてくれた。

「屋敷のものが盗んだのかもしれません。皆《みな》の部屋を検《あらた》めましょう」

「いやめじろくん、そんな確証もなしに疑うのは」

「けれどもルリさま、お面がひとりでに歩くわけもありません」

年月を経たものならまだしも、と付け足しためじろくんは、お屋敷中を捜し回ったほうがよいのではないかと提案する。すずめくんもこのお屋敷でミコト様に仕える人々を纏める立場だからか、めじろくんの意見に頷いていた。

「ルリさまが精魂込めて作ったお面ですよ。めじろにはそのよさはわかりませんが」

「すずめもあのきんきらはどうかと思いますけど、大事に作ったものを盗むのは悪いことです」

「思わぬ低評価だわ……」

私がアーティスト精神《いたずらごころ》満載で作ったお面がそんな風に思われていたなんて。確かに我ながらコレは派手すぎだろうと思うこともあったけれど。

「きんきらか……さぞ頑張って作ったことだろうに……」

真剣に惜しんでくれているのはミコト様だけである。どんなお面でも最終的には喜んで着用してくれるというミコト様の懐の深さに甘えて、ちょっと悪乗りした部分はあった。これからは反省してちゃんとかっこいいものも作ってみようと思う。

「とりあえず捜すのは捜すとして、また新しいの作るので待っててください」

「ありがとう、ルリ。そなたは優しい」

ミコト様が弱々しく微笑むので、早く新作を作らねばという使命に駆られる。その日はミコト様が仕事をしている午前中に新しいお面の下書きをして過ごし、午後は仕事を終えたミコト様と少し州浜を作ったりして遊んだ。

お面のために買ってきた色んな色のポスターカラーは、州浜へ配置する小物を塗るのにも大活躍している。ペンタイプでパール系のものがミコト様のお気に入りで、牛車や小さな庭石などに可愛い鳥などが描かれていて、とても微笑ましいジオラマになりつつあった。

「ルリ、ほらどうだ、雀と目白をあしらってみたぞ！」

「うわホントだ、こんなちっちゃいのよく描けましたね」

「こちらには稲穂を描いた。あれらは米が好きだからな」

親指くらいのサイズの唐櫃《からびつ》に鳥が遊んでいる様子を描いたミコト様が嬉しそうに見せてきて、元気を取り戻した様子に私もホッとした。このお屋敷にいる人たちはミコト様が大好きなので、皆もきっとほっとするだろう。

お面がなくなったのは不思議だけどまだ材料もいっぱい残ってるし、今度はミコト様が喜びそうなやつを作ろうと決めた。

だがしかし、そうして気合を入れて作ったお面は、またしても朝になると綺麗さっぱり消えていた。


しくしくとすすり泣きが庭に響いている。

鮮やかな紅葉や銀杏が舞い落ちる中で、小さな子が泣いている。声を掛けても返事がなく、帰ろうとすると手首を掴まれる。振り返ると子供が俯きながら肩を揺らしていて、何か小さく呟く。その途端にぞわりと背筋が寒くなって、そこで目が覚める。

「……またなくなってる」

ミコト様を元気付けるために作った一昨日の力作、精一杯かっこいい感じにしたお面も、昨日の太陽の塔っぽさを意識したお面も朝起きれば消えてしまっていた。昨日は念のため木箱の中に入れていたのに、蓋が開けっ放しになって中身がない。

「えーっと、蓋開けたってことはつまり物理的な現象なわけで、誰かが持っていったってことなのかな」

「しかしルリさま、お屋敷中を捜したのにどのお面も見つかりませんでした」

「かまどの中も捜したのよ」

「縁の下にもなかったのよ」

手の空いている人があちこち捜し回ってくれた上に、ミコト様が不思議な力でお屋敷の隅々まで見てくれたけれどなくなった三つのお面は見つかることがなかった。

むむむとすずめくんが腕を組み、梅コンビも首を傾げている。ミコト様も気遣わしげな顔になっていた。ちなみに今日ミコト様が着けているお面は私が最初に作った試作で、梅の絵と雀と目白が描いてあって皆に好評だったものである。お面を楽しみにしていたミコト様にがっかりなお知らせを持って主屋にやってきて、今はいつものメンバーで首を傾げている最中である。

「いたわしや、ルリを悲しませることが屋敷で起ころうとは」

「悲しいというより、不思議で。昨日は箱に入れてたし、襖も全部閉めてつっかえ棒してたんですよ」

廊下側からは誰も入らないようにしっかり棒で押さえ、唯一通れる襖は私の寝室に面した襖のみ。寝室から外へ繋がる襖も同じようにつっかえ棒をしていたし、どの襖にも鈴をつけた紐を挟んで閉めた。もし開ければ鈴が落ちて音が鳴る仕組みである。

寝ていて私が気付かなかったとしても、耳のいいすずめくんや梅コンビたちが近くにいたので全員が聞き漏らしたとは考えにくい。

お面を楽しみにしてくれていたミコト様には申し訳ないけれど、頑張って作ったお面が消えたという悲しみより、密室で起きた不思議な事件はもういっそ面白ささえ感じられる。

「ルリさま、何か変わったことはありませんでしたか？　床下や天井裏で物音がしたとか、誰ぞに呼ばれたとか」

「特には……戸締まりしてからすぐ寝たし、がっつり夢見てたくらいだったから音がしても気付いたかどうか……」

めじろくんの問いに昨夜のことを思い出していてふと気付いた。

「あの……全然関係ないかもしれないし、聞き流してくれていいんだけど、お面がなくなった夜は同じ夢を見てるような」

三日前に最初にお面が消えた日も、確か小さな男の子がすすり泣いている夢を見た気がする。偶然にしても、同じ夢を連続して三回も見るというのは今までにそう体験していないことだ。

だからなんだと言われそうなことだけれど、心当たりといえばこれくらいしか思いつかない。そう思って口にしてみると、全員がこっちをじっと見ていた。

「ごめんやっぱ関係ないよね。変な夢だったから覚えてたけど冷静に考えて」

「ルリさま！　なぜそれを早くおっしゃってくださらなかったのですか!!」

「えっもしかして関係あるの？」

「あるに決まってます！　道理で鈴をつけてもわからないはずです!!」

すずめくんがプリプリしながら教えてくれたところによると、力のある者は、夢路という道を辿って人の夢に入ったり、誰かを自分の夢に招いたりすることができるらしい。そして夢を通じて、その人のところまで行くこともできるのだとか。

しかし他人の夢に潜り込んでいるときにその人が死んだりすると一緒に死ぬことになったり、夢路を辿り過ぎると起きられなくなったりするリスクがあるらしく、力の強さはもちろん、気持ちも強くないと使えないのだそうだ。

「つまり……」

「主様……」

「なっ、そなたら、何故そんな目で私を見る?!」

お互いにぴったりくっついたすずめくんとめじろくんのじっとりした目に晒されたミコト様が、慌てたようにブンブンと手を振って否定していた。

「私ではない！　そんな、許しも得ていないのに通い路を作るなど!!」

「しかしお屋敷でそんなお力を持っているのは主様だけです」

「深い情念を抱いているのも主様だけです」

「ち、ちがっ……ルリ、ちがう……!!」

オロオロと狼狽えたミコト様が、悲壮な顔で私を見ながら頭を振っている。

すずめくんたちは自分の主だというのに割と容赦ない。夜が苦手なのに見張りなどをさせられて怒っているのかもしれない。

「まぁまぁ落ち着いて。次の日になったらミコト様にあげる予定だったんだから、早めに欲しいなら直接言えばいいだけだし、ミコト様が犯人になっても意味がないよ」

「すずめには主様がルリさまの夢に潜り込む意味はわかりますけどねぇ」

「無断でそんなこと、せぬ！　さすがに!!」

「では他に誰ぞそのような力のものがいるとでも言うのですか？」

「うむぅ……」

一応フォローしてみたけど、ミコト様、分が悪い。

でもババ抜きで常にビリなほど感情が筒抜けなミコト様なので、もし不審なことをしたらすぐにわかるはずだ。なのでミコト様が犯人だとは疑っていない。けれどそうなるとまた疑問は最初に戻ってしまう。誰が、どうやって、何のために。

首をひねっていると、美人なお花たちがにっこりと微笑んだ。

「あら、下手人を見つけるのはとっても簡単なことだわ」

「とっても簡単で素敵なことね」

「大団円間違いなしだわ」

「めでたしめでたしね」

フフフと美しく微笑み合っている二人はとても絵になっているけれど。

なぜか割とろくでもない予感しかしない。


「なぜ……なぜ……こんなことに……?!」

「私もそれ聞きたい」

お風呂上がり。いつもなら寝室に引っ込んで寝るだけのはずなのに、なぜかすずめくんと梅コンビに引っ張られて主屋に来ていた。主屋の、寝室に。

「それでは主様、ルリさま、失礼いたしますね～」

「明日は遅めに参ります」

「主様、よかったわねえ」

「糯米《もちごめ》のご用意も必要かしらねえ」

すずめくんとめじろくん、そして梅コンビが適当なことを声掛けながら出ていく。

残ったのは私と、ミコト様と、御帳台《みちょうだい》と呼ばれる畳と木枠と絹織物で作った和製天蓋ベッドみたいな代物。いつも寝るときに使っているのよりずいぶん大きいので気になって中を覗くと、二組のお布団がぴったりとくっついて敷かれていた。

私の動きにつられて視線をやったミコト様がますます挙動不審になる。

「な……ル、ルリ……こ……ちが……」

「ミコト様、どうどう。水でも飲んで落ち着いて」

「う……んぐっ」

ミコト様がお風呂入った意味ないのではと思うほど真っ赤になり汗を流して狼狽えていたので、お盆に載っていた水を勧めると今度はひどく噎せていた。苦しそうに咳き込んでいるので背中を擦ると、ビクーンと跳ねて二メートルほど後ずさる。それから背後の扉を開けようとしているがなぜか開かない。

「その……す、すまぬ、その、る、ルリ……このような、文も通わずにこのような」

「いや、ミコト様のせいじゃないので」

「こっ、ここ、こうなったからには、その、私もその、きちんとその責任を持ってそのあの……」

「ですね。もうさっさと寝て犯人を見つけ出しましょう」

「えっ……あ、そ、そうだな……」

お面を盗んだ犯人Xを除くと、このお屋敷で人の夢に入れるような力を持っているのはミコト様だけである。姿を見せないままお面を持っていく犯人を捕まえるためには、私の夢に入ってミコト様が捕まえることが一番手っ取り早い。初めて夢路を開くというのは結構不安定なもので、相手が近ければ近いほど成功しやすい。ご神力が万全とはいえないミコト様としては、距離のある状態で夢路を通わせるのは難しいかもしれない。

というわけで、私とミコト様がくっついて寝ればいいじゃん☆　という梅コンビの寝ぼけた提案がなぜか可決され、現在に至ったのであった。

「なんか私のとこのより豪華ですね、これ。布があると暗くて眠りやすくていいですよね。風が通らないけど」

「う、うむ……」

「中暗いけど、灯りなくって大丈夫ですか？　入れると火事になりそうで怖いし」

「う、うむ……」

「あ、私この枕使えないわ。だから枕持たされたのか」

「う、うむ……」

　ミコト様がコクコク頷く人形になってしまった。確かに私としても大人の男性と隣同士のお布団に入るというのは結構びっくりする出来事だけれど、むしろミコト様の狼狽えっぷりを見ていると逆になんだか気の毒に思えてくる。

「……やめます？　私、戻って寝ましょうか」

「えっ⁈」

「いや、無理しなくてもいいし、お面持ってきてるから今日は夢に出てきても別に大丈夫だろうし……」

「ま、待て、そのような、その、」

「道わかるんで灯りあれば一人で戻れますよ」

「ルっ、ルリ！」

　膝立ちになって灯台に近付き、持ち手の付いたお皿みたいなやつに火を移そうとすると、ミコト様が私の手を掴んだ。距離が近くなったので、ミコト様から石鹸の匂いがする。いつもより薄い着物のせいでしっかりした体格が強調されていて、不覚にもミコト様に男らしさを感じてしまった。

「……私は、その……無理ではない。そ、そなたは、嫌ではないのか」

「怖い夢とか見なくなるなら、そのほうがいいかなって」

「そうではなく！　その、私とその、こうして同じ寝屋というのに、その……ルリは何も思わぬか？」

　灯りに照らされたミコト様は赤くなっていて、照れたような、切ないような顔をしていた。きゅっと少し力を入れられた手が手首を握っていて、そこだけ熱い。

　お風呂上がりで新しく塗り直した膏薬の匂いが僅かに漂うほど近くにあるミコト様の瞳は揺れているけれど、しっかり私を映していた。

「えっと、まあ、色々と思うことはあります」

「いっ色々と」

「でもこれ、犯人を捕まえるためなんですよね？」

「そ、そうだが、しかし」

「ミコト様、恋人にもなっていない相手に手を出すような人じゃないですよね？」

「ちが、違う！　決して！」

「じゃあオッケーです。とりあえず寝ましょう。何も考えずに。速やかに」

　私は部屋の端にあった几帳を持ち上げて御帳台の中の布団の間へと入れた。真ん中の辺りというよりやや奥の方へ置いたので、上半身側が布で遮られるような配置である。これで寝転んでも顔が見えない。

「よし。これならシャイなミコト様でも大丈夫です」

　ぽかんと私の行動を見ていたミコト様は、さっさと枕を持ち込んで寝転がった私にオロオロし、しばらくしてから几帳の向こう側へとソロソロ入っていった。もぞもぞと身動《みじろ》ぎする音が聞こえる。

主屋のお布団はフッカフカで、寝転がってじっとしているとすぐに眠くなった。

「る、ルリよ、外の灯りは消すか、このままでよいか」

「この中結構暗いし、消しちゃっても変わらないんじゃないですかね」

「その、ルリ、寒くはないか、そなたはいつも夏の夜で眠っているゆえ」

「平気です。この布団重いけど何入ってるんですか？」

「え、さあ、真綿とは思うが……」

「綿って重いんですかね？　羽毛に替えたほうがいいですよ。軽くてあったかいし」

「そ、そうなのか……」

「はい」

「……そ、そうだルリ、香はきつくないか？」

「いえ、別に気にならないですよ」

「それならよいが、その、もし気になるのであれば梅の枝を出しても」

「大丈夫です」

「そうか……」

「……」

「ルリよ、小腹は空かぬか？」

「ミコト様、寝れないんですか？」

「す、すまぬ」

　そわそわ衣擦れの音を立て、ミコト様はあれこれ几帳越しに話し掛けてくる。お風呂上がりでいい感じに眠い私とは対照的に目が冴えているようで、あれこれ話題をひねり出していた。眠気に乗じてさっさとこの状況を終わらせてしまおうという私の努力を地味に阻んでくる。

「寝ましょう。お面泥棒を捕まえるためにも」

「うむ……そうだな」

「おやすみなさい、ミコト様」

「うむ、ルリも」

「はい」

「……」

「……」

「……その、ルリ」

「今度はなんなんですか」

　もうさっさと寝てくださいという言葉が喉元でこらえつつ、モジモジ口ごもるミコト様が話すのを待っていると、「てっ、て、て……手を繋いでもよいか」と小さい声が聞こえてきた。

「いいですよ。繋いだらちゃんと目を瞑って、眠るようにしてくださいね」

「わかっている」

布団の中から出した片手を几帳の方へと伸ばす。

カーテンのように垂れた絹の布に指が当たると、向こう側からそれが僅かに持ち上げられ、温かい手が私の手の下に潜り込んだ。

「その、その、ほら、夢路を拓くのに、その、触れているほうがやはりその、……それだけではないがその」

何か色々と言っているけれど、もう返事をしないでいることにした。

繋いだ手に力を入れると、ミコト様の言葉も途切れて、僅かな衣擦れの後に握り返される温かさだけになる。

東の建物では聞こえてくるような虫の声もなく、今日は風もない夜なのかとても静かだった。目を閉じてじっとしていると、体の感覚がぼやけてきて浮いているような沈んでいるような感覚になる。それを眺めるような意識でぼんやりしていると、握った手をくっと引かれるような感覚とともに私は夢の中へと落ちた。

ぼんやりと白い敷石を眺めている。

昼間なのに薄暗い庭を眺めていて、ふと気付いた。

「この庭、灯りがない」

「そういえばそうだな。灯籠でも置けば夜も楽しめよう」

傍らで響いた声に顔を上げると、いつのまにか隣にいたミコト様が微笑んだ。ぼんやり見つめていると、いつものようにその顔が恥ずかしそうに頬を赤くする。

「ミコト様、怪我治ってる」

「その、夢の中であるゆえ……少し取り繕うてみた」

「全部見えてるとイケメン度がめっちゃ上がりますね」

「池……？」

半分隠れた状態でも美しかった涼しげな瞳は、両方揃うと凄みが増す。頬も顎も均整の取れた美しさが際立って、ちょっと圧倒されるほどの美形になっていた。

頬を僅かに染めているのすら絵になっている。表情の一つ一つが飽きない。

「ミコト様、怪我ないほうが断然いいですよ。すごくかっこいいですよ」

「あう、そ、そ、そうか、その」

「でもちょっと迫力ありすぎだから半分くらいでもいいかも」

「ええ……」

複雑そうな顔を浮かべても絵になるのだからイケメンは狡いと思う。写メを撮ろうと思ってスマホを探すけれど見つからない。

「あ、そうか、これ、夢だっけ」

「そうだ。意識が滲むこともあろうから、ルリよ、手を繋いでいてくれるだろうか？　あいやその、盗人《ぬすびと》に悪さをされぬように、その守るためもあるから！」

夢というのは、場合によっては見ている人の心身に大きく関わるものらしい。特に夢路を通って入ってきたものの影響は受けやすく、また逆に相手に対しても影響を与えることもできるのだとか。私が見ていた夢が少し怖いものだというのはあらかじめ説明していたので、ミコト様がそばにいて怖い展開にならないように気を付けてくれるらしい。

手を伸ばすと、大きなミコト様の手がしっかりと包んでくれた。

初対面のとき、私たちの間には御簾が下りていたのに、いつのまにやら手を繋ぐまで距離が縮まっている。州浜遊びの最中に肘が当たったりすることもあるし、切った爪楊枝で桶を作っているときなんか顔を突き合わせながら作業することもある。

事あるごとに恥ずかしがっているミコト様だけれど、それでも随分私に慣れてきたのではないだろうか。引きこもりの社会復帰の手助けになっていればいいけれど。

「それでルリよ、いつも泣き声が聞こえるとか」

「あ、そうでした。秋の庭の方なのでこっちです」

ミコト様に手を引かれて主屋から東の建物経由で北の建物まで移動する。その途中で、いつものようにしくしくと泣く声が聞こえてきた。

「ほら」

「たしかに、幼子のすすり泣くのが聞こえるな」

「いつもあそこの木の下にしゃがんで泣いてるんですよ……いた、あそこ」

下駄を履いて庭の奥にある小さな姿を指さすと、ミコト様が頷いた。

「あぁ、なるほど。わかった」

ミコト様は納得したように頷いて、一旦私を振り返って繋いだ手を離す。

そして男の子へ近付いたかと思うと、ミコト様はいきなりその男の子の首を後ろから掴み上げてしまった。まるで猫を持ち上げるかの気楽さで、その子を持ち上げたままこっちを振り返る。

「つかぬことを訊くがルリよ、蛇は苦手か？」

「へっ」

へビ？　と首を傾げると、ミコト様は少し申し訳無さそうな顔でうむと頷いた。その手には相変わらず男の子がぶら下がっている。首を掴んで持ち上げるだなんて痛そうだけれど、男の子は暴れるでもなく手を顔にあててしくしくと泣いている。

小学生くらいの小柄な男の子にしても、そんなに長い間片手だけで、首だけを掴んで持ち上げられるということがあるだろうか。しかもすずめくんたちに対しても優しいミコト様が、泣いている子供をそのままにしておくとは。

「え、もしかして、その子、ヘビとかだったりする？」

「うむ……」

ミコト様が軽く腕を振るように上下させると、男の子の体がみるみる縮んで細長いものに変わってしまった。長さは持ち上げたミコト様の胸元辺りから膝に少し届かないくらい、僅かに黄色がかった白い鱗がきれいに並んでいる。掴まれた頭からしゅるしゅると時々ピンクの舌を覗かせ、赤い目はポロポロと涙を流していることだけがさっき同じだった。

「うわ、マジでヘビだ。しかも結構大きい」

「恐ろしいか？　人に変えたままにしておくか？」

「えっと……そうですね、見た目が人のほうがいいかも」

「では変えておこう」

もう一度ミコト様が腕を動かすと、ヘビはまた男の子の姿に戻る。

全体的に白っぽく、髪の毛の黒色が浮くくらいの薄い色彩なので、ヘビ姿の面影があるといえばあるかもしれない。しくしくと相変わらず泣いている男の子は、ミコト様がゆっくりと腕を降ろすとそのままそっと地面に立った。

「すまぬ、ルリ。これは私が預かっていた蛇の子なのだ。昔のよしみで引き受けたがまさかこのようなことをしでかすとは」

「あー……そういえば何か聞いたことがあったような」

前にめじろくんが言っていた、庭に住み着いたヘビがこの子らしい。

「でもめじろくんは二十センチくらいって言ってましたよ。今のヘビは三倍以上ありませんでしたか？」

「おそらくルリの精魂を食ろうて大きくなったのであろう」

「えっなに怖。私食べられてたの？」

「いやいや、そうではない。ルリの作った面に込められていたものだ」

人が手ずから作ったものには精魂が宿るらしい。精魂という言葉には魂という字が入っているけれど、魂というよりはその人が出したエネルギーみたいなものなのだそうだ。気持ちを傾けたものにはそれが溜まりやすいのだとか。

オカルトチックな話だけれど、説明してくれるミコト様が神様なので胡散臭いとはいえない。

「そんなに頑張って作ったとはいえないものもありましたけど」

「勿論丹精込めて作らば精魂が多く篭《こ》もることもあるが、それだけではない。ルリの面には楽しんで作ったのだとわかるほど気持ちが作風に出ていたし、その、わ……、私のためを思って作る気持ちが蛇には魅力的に見えたのであろう」

「……ごめんなさい……」

しくしくと泣いていた男の子が、しゃくりあげながらもか細い声を出した。

「さみしくって、ととさまにあいにかえりたかったのです。けれどもおさとはとおくって、たましいをくらわば、あにさまもこわくないかとおもったのです」

少し舌っ足らずでしゃっくり混じりだったけれど、つまり家族に会いたいがために魂を食べたかったと。

それを聞いて、今までの夢のぞわっとした不気味さが何だったのか気がついた。

男の子は夢の終わりに、「たましいをちょうだい」と言っていたのだ。

「いや、ムリ。魂とかあげないからね」

お面はまあいいとして、魂は駄目だろう。しくしく泣いていたとしても、流石にそういうのは無理。

もう一歩遠ざかると、ミコト様が安心させるように大丈夫だと頷いた。

「大丈夫だ、ルリの魂を食らうにはこれは幼すぎるし、ここでは何者であれルリに傷ひとつ付けられぬ」

「さすがミコト様頼もしい」

「そ、そ、そうか。……しかしルリを怖がらせるのであれば、そなたはここへは置いておけぬ。お父上には言っておくゆえどこへなりとも行くがよい」

　私には照れた顔を見せたミコト様だったけれど、男の子へ向ける視線はいつになく厳しかった。ミコト様の言葉にわっと男の子が声を上げて泣き出すけれど、それに表情を変えることもない。

「ごめんなさい、もうしません。いますておかれたらどこへもゆけずに、けがれにそまり、あしきものになってしまいます」

「ケガレ？」

　男の子の言葉に、ふと百田くんの言葉が脳裏に浮かんだ。

「ねえ、ケガレって何？」

　ひくひくと肩を上下させ、目元を何度も拭いながら男の子が答える。

「うつしよに、けがれがよどんでいるとききました。このよわいみでけがれをうけると、あしきものにかわります。あしきものになったら、やくをもたらすけだものになってしまう」

　厄を呼ぶケダモノに成り果てるなど、名のある蛇神の子としてあるまじきことだと男の子は嘆いた。

「勝手に夢路を通わせ、ルリを悲しませたのだから私は知らぬ」

「おゆるしくださいませ、おゆるしくださいませ」

泣いて跪き、ミコト様に謝っている男の子を見ても、ミコト様はいつものように許したりはしないようだった。

本体がそこそこ大きいヘビだったとしても、今は幼い子の姿なのである。わんわん泣いているのを見ていると、段々気の毒になってきた。子供が泣いている姿というのはそれだけでなんだか罪悪感みたいなものが出てくる。

追い出すほどではないんじゃ、と言うと、ミコト様は厳しい顔のままで私を説得するように口を開いた。

「ルリよ、精魂を込めたものを盗んで食らうというのは、後々に厄介なことを引き起こしかねぬ。ましてや寄る辺である屋敷の主であり、神格もある私のもの……になる予定だったものだ。いかな幼子とて、礼儀をわきまえねば」

「でも小さい子のやることだし、お面もまだ材料残ってますよ。これから盗まないようにほら、更生を見守るのも教育じゃないかなって」

「ルリは優しすぎる。いやそこがルリのよいところだが、いつかそれにつけ込む者が出ぬか心配だ」

別に私は優しいわけでもないと思う。ただ目の前で泣かれて追い出されたら、後味悪いことになるから穏便に済ませられたらいいなと思っているだけだ。

だからどちらかと言うと男の子のためというよりは、自分の気分のために言っているので自分勝手だといえる。

そう言うと、ミコト様は引き締めていた表情を緩めた。

「そう、そこがよいところなのだ」

「どこが？」

「わからずともよい。その、そなたのよいところを、私だけが知っているのだから」

そっと伸びてきた手が私の手を握る。ミコト様の顔を見上げると、柔らかく微笑まれた。温かいその手を握り返してみる。

「私の知ってるミコト様のいいところの一つは、助けを求めてる人をきちんと助けてくれるところですよ」

「うっ……ルリ、そなたは中々賢い。そこもよいが」

「ミコト様、いつも私を助けてくれてありがとうございます」

「……わかった。わかったから」

じっとミコト様の目を見て心から口にすると、じわじわと頬を赤くしてミコト様が目を逸らして何度も頷いた。

ミコト様こそ、押しに弱くて少し心配だ。押しといて何だけど。

少し頬を覚ますように片袖で仰いでいたミコト様は、またキリッと表情を厳しくして男の子に言い渡す。

「ルリの恩情により屋敷に留まることを許すが、二度はないぞ。もしまたルリに何かしようものなら、この私が手を下す」

「ありがたくぞんじます、あるじさま、ルリさま」

肩をひくひくと動かしながらも、男の子は深く地面に身を伏せた。最初にミコト様にお礼を言って、私の方へも向き直って頭を下げている。正直私もこのお屋敷に置いてもらっているだけだし、最終決定権はミコト様が握っているので別にお礼を言われることもあんまりないような気もするけれど。

「これに懲りて小狡い手を使わず、精進に励むように」

「そうします」

「みかんの木の近くばかりにいるのも、めじろが困るので止すがよい」

「はい」

「もちろんルリの精魂を盗み食いしてはならぬぞ。あれほど美味なるものはこの世にないゆえ、また欲にかられることのないようゆめゆめ……」

「ちょっと待って」

ミコト様が男の子に神様らしく説教しているのを聞いていると、割と聞き逃したらダメそうなくだりがあった。

繋いだままの手を引っ張ると、うん？　とミコト様が首を傾げる。

「何かまるでミコト様が私の精魂の味を知っているみたいな言い方だったんですけど」

「……ええ、そ、そな、そん、そうであったか？」

「動揺しすぎ」

明らかに狼狽し始めたミコト様を、じっとりとした目で見つめてしまった。

この人、それらしく説教してるけど、もしかして自分も食べているのでは？

疑いを持ってミコト様を見ると、ミコト様はさらに焦り出す。

「ち、ちが、ルリ、私は面なぞ食べてはおらぬ！　せっかくルリの贈ってくれたものだというのに勿体無い！」

「じゃあ何を食べたんですか？　私気付かないうちにおつまみ扱いされてたんですか？」

「し、しておらぬ！　ルリよ、信じておくれ」

「慌てるとこがますますあやしい。味見とかヤダ〜」

「ルリ……！　ちがう！　そ、そのようなこと！」

ミコト様がアタフタしているところを楽しんでいると、男の子がフフと小さい声で笑った。ごしごしと腕で涙をこすって立ち上がりながら、ぺこりと頭を下げてくる。

「ルリさま、おたすけくださいまして、まことにありがたくぞんじます。このごおんはかならずおかえしいたします」

「いや、別に何もしてないんで……気にせずに頑張ってください」

「はい。たくさんしゅぎょうをしてとくをつみ、いつかルリさまのおやくにたちとうぞんじます」

男の子は私とミコト様にもう一度ずつ深く頭を下げて、それから庭を駆け出してふっと消えていってしまった。

「還ったようだな。幼子ながら夢路を拓くほどの力を持つのだから、まっとうに育ってほしいものだ」

「そうですね。本人も反省してるみたいだし、一件落着でよかったです」

「その割には、浮かぬ顔をしているな、ルリよ」

ミコト様が繋いだ手に優しく力を込める。その温かさに勇気をもらって、私は優しい眼差しに向き合った。

「あの子が言ってた、ケガレって、もしかしたら私がここに来る理由になったのと同じかもしれません」

夢の中でも秋の庭には、静かな風が吹いて落ち葉がひらひら舞っていた。

その縁側に、私とミコト様が並んで座る。

夢の中だから、時間の経過がよくわからない。早く話したほうがいいだろう。そうわかっているのに、私は落ちた葉っぱを眺めて迷っていた。

ふと手が温かくなる。繋いでいる手の上に、ミコト様が反対の手も載せて包み込んでいた。いつもミコト様の周りに漂う香りに誘われて顔を上げると、いざとなって話すのを躊躇った私にミコト様が微笑んでいた。何も言わないミコト様は、励ましているようにも、迷う私を許すようにも見える。

それを見て、なんだか息が楽になった。大きく吸って、口を開く。

「ここに来た日、ミコト様が助けてくれたとき、私を追いかけてたのはお義父さんなんです。血が繋がってない、義理のおとうさん」

ミコト様はもう知ってるかもしれないですけど。

そう付け足すと、ミコト様が少しだけ頷いた。

「本当のお父さんは私が小さいときに死んじゃったらしくて、覚えてなくて……お母さんがずっとひとりで私を育ててくれました」

看護師をしていたお母さんはパワフルな人で、私は母子家庭だということで悲しい思いを少しもしたことがなかった。働いていて一緒にいる時間が少ない分、私のことをたくさん可愛がってくれた。厳しいとこもあったけど、大好きなお母さんだ。

「二年くらい前に、紹介したい人がいるからって紹介されたのがお義父さんで」

まっすぐハッキリした表裏のない性格で、私をいつも第一に考えていてくれたお母さんだから、自分の幸せを考えてくれたことが嬉しかった。複雑な気持ちもあったけど、緊張しながら会ったお義父さんは柔らかく笑う優しい人だった。

「すごく優しい人だったんです。家族になりたいけどすぐには無理だろうから、少しずつ仲良くなろうって」

私の学校が休みでお母さんが仕事のとき、ランチに連れて行ってくれた。無理に仲良くなろうとするんじゃなくて、本当に少しずつ仲良くなれた。

だから、お母さんが籍を入れるって言ったときもすごく嬉しかった。

「ルリは、その者を父と慕っていたのだな」

頷くと、手の甲を優しく撫でられた。

「……半年前に、お、お母さんが、死んじゃって」

喉が詰まりそうになって、私は言葉を区切った。目に力を入れて、大きく息を繰り返す。ミコト様は何も言わずに、そっと少しだけ距離を詰めた。

手のひらだけでなく、腕も少しだけ当たる距離。

「それで……、それから、少しずつお義父さんがおかしくなったんです」

太陽みたいに明るくて家族の中心だったお母さんがいなくなって、私もお義父さんもしばらく何も考えられなかった。一緒に泣いてくれる友達がいなかったら、もっと立ち直るのは遅かっただろう。

友達と過ごす時間が、私を元気付けてくれた。

けれど、お義父さんの目にはそれは違ったふうに見えたようだった。

「最初は、私が帰るのが遅過ぎるって言ってました。夜は危ないんだから早く帰るようにって。それから、遊びに行くのも禁止されるようになって……。ずっと家にいなさいって言われるようになって」

同じ家で暮らしているからこそ、少しずつおかしくなっていくお義父さんの様子が認めがたく、恐ろしかった。

お母さんのことがあって心配してるんだと頭ではわかっているのに、体は家に帰るのを嫌がった。友達と一緒にいたり、図書室で時間を潰したりしていたけれど、勘付いたお義父さんが学校にも連絡するようになって、私は街を歩き回って時間を潰していた。そうして見つけたのが、ミコト様のいるおんぼろ神社だ。

私が逃げれば逃げるほど、お義父さんの様子はおかしくなっていった。それでますます逃げたくなって、夏休みに入って外に出かける理由がなくなるのが怖くて、私は神様に縋ったのだ。そうしてミコト様に出会った。

この間百田くんが言っていた「ケガレ」というのが、さっき蛇の子が言っていたものと関係があるのではないか。私がそう言うと、ミコト様は少し考え込むような顔になった。

「ヘビの子が言ってましたよね。弱い身でケガレを受けると悪しきものに変わってしまうって。もしかして私のお義父さんも、そうなってるってことはないですか？」

お義父さんは、お母さんの死でひどく弱っていた。一時期、怪しい宗教や商売の勧誘が後をたたなかったくらいである。人間でも弱っているところにつけこもうとするんだから、目に見えないものがそう思ってもおかしくない。

「ならばルリはどうする？」

「え？」

問いかけられてミコト様を見ると、ミコト様は真っ直ぐに私を見つめていた。

黒い瞳が、すべて見透かしてしまうかのように私から動かない。

「この身に受けた傷で、私の力は徐々に削がれていた。守りの脆くなった街に穢れが入り込んでいたならば、ルリのお義父上が憑かれていてもおかしくはない」

「なら、助けられるんですよね？」

「それはわからぬ」

「なんで？　ミコト様、神様なんですよね？　そのケガレを払うことってできないんですか？」

「確かに私の力でも人の穢れを払うことはできよう。しかしどのようにして憑かれているかによっては、二度と前のようには戻らぬかもしれぬ」

ミコト様によると、人間がケガレに憑かれる状態には二種類あるらしい。

ひとつは、ケガレそのものに染まってしまった状態。

人そのものが蝕まれているので、ケガレに蝕まれ過ぎているとそれを祓いきれずに人が変わったままになったり、ダメージを受け過ぎて死んでしまうこともあるのだそうだ。

もうひとつは、ケガレに染まった悪しきものが、人間に取り憑く状態。

ヘビの子のように弱いアヤカシや幽霊などはケガレを受けやすく、そういったものに変わりやすいのだそうだ。それが取り憑いている状態であれば、その悪しきものを人間から剥がせば助かる可能性は高い。

「ルリよ、お義父上がどのような状態かは、実際に会わねば見分けるのは難しい。場合によってはルリは父親をも失うことにもなるぞ。相対すれば、私は悪しきものを捨て置くわけにもいかぬ。ルリを傷付ける者ならば尚更」

厳かに言葉を告げるミコト様は、どこか近寄りがたい雰囲気を感じさせた。

お義父さんに会えば、ミコト様は神様としてケガレを払う。その結果、お義父さんが元の優しい人に戻るか、そうでないのかはそのときにならないとわからない。

そなたはどうする。

まっすぐな視線に見つめられたまま、私は口を開いた。

「私は……もし、もしお義父さんが元に戻るかもしれないなら、私はその可能性を信じたいです」

お義父さんを、助けたい。

その気持ちを見極めているように、ミコト様の視線が突き刺さる。

そして次の瞬間、その厳しい顔がへにゃーっと崩れた。

「ルリよ、そなたは、そなたは……なんと健気なことを」

「えっ」

「このままここで暮らせば何ひとつ憂うものはないというのに、本当によいのか、ルリよ、外に出ず屋敷にずっといても構わぬのだぞ」

「いや、さすがにそういうわけには」

「ルリは謙虚過ぎる！」

嘆いたミコト様は、深く溜息を吐いた。

「仕方がない、ルリがそうやってお義父上を助けたいと願うのであれば、私はそれを叶えよう。私は、そなたを救いたいのだから」

「あ、そうか」

神頼みをするとミコト様にそのまま通じてしまうシステムは、夢の中でも有効だったらしい。助けたいという私の願いをダイレクトに聞いてしまったので、知らんぷりもできないのだろう。

「私に万全の力があれば、街にそのような澱みなど寄せ付けまいに……今となってこの傷が邪魔に思えてくるとは。しかし穢れはどこかから入り込むこともあるし、私の力があったとて。ああ、現し世とはまったく」

ミコト様がブツブツと呟いている。色々と葛藤があるようだ。

ううむと唸っているミコト様の手に、私も空いた手を重ねた。

その途端、ミコト様がビクーンと跳ねて固まる。

「ル、ル、ルリ」

「ミコト様、私がお義父さんを助けたいって思えたのは、ここで何の心配もなく暮らして、ミコト様に守ってもらえてるからです。向き合う勇気が出たのは、ミコト様がいてくれたからだと思います」

「わ、わた、私が」

「だからミコト様、私を助けてくれてありがとうございます」

「う……うむ……」

ミコト様の白い頬が赤くなって、そしてみるみる静かになった。

冷静な、神々しい雰囲気のミコト様もいいけれど、私にとってはこうやってもじもじしているミコト様のほうが親近感が湧いて好きだ。

じっと見ていると、ミコト様はもじもじしながらチラッとこっちを見て、目が合うと慌ててそらしている。相変わらず乙女成分が強い神様である。

「ル、ルるルリよそろそろ！　その、あまり夢に長居しても、寝坊することになるかもしれぬ」

「あ、そういえば夢でしたねここ」

途中からすっかり忘れていた。

無事に仮面泥棒についても解決したし、お義父さんのことについては初めて希望が見えた。かなり濃い時間を過ごしたので、お屋敷で昼寝して終わる一日よりも現実感が強かったくらいだ。いや、昼寝して終わるほうが怠け過ぎなのかもしれない。

私が立ち上がると、ミコト様も同じように立ち上がった。まだ手は繋いだままだ。

「その、ルリよ。その……また蛇の子が夢路を通うかもしれぬ。そうせぬように、ルリの夢にその、しばしば寄ってもよいだろうか……？　勿論、蛇から守るためで」

「いいですけど、勝手に私の精魂食べないでくださいよ？」

「せぬ！　今までもそんな、してはおらぬから……!!」

キリッとしたイケメンなミコト様は厳しい顔をしているとちょっと近寄りがたいけれど、慌てふためいていると少し可愛くなる。ミコト様をからかっているうちに、世界は段々薄くなり、やがて私たちは目を覚ましたのだった。

後日談として、ちょいちょい顔を出すようになったヘビの子に驚いたすずめくんとめじろくんに二時間コースで説教をされたけれど、ミコト様も並んで怒られていたので気にしないことにした。

ブレイクオフ

木の床は寝転がるのに最適だ。夏の庭に面していても屋根がついて影になっている広庇《ひろびさし》だと、日が高くなってもひんやりしていて気持ちいい。

私は寝っ転がってうちわで扇ぎながら、上げた脚を柱にピッタリ寄せるというとても行儀の悪い格好をしていた。鞠ちゃんが近くをコロコロと転がっては、私に近付いてくっつくのを繰り返している。


あれから数日、不安と期待にかき混ぜられるように私はぐずぐずしていた。

お義父さんが、元のお義父さんに戻れるかもしれない。でももしかしたら、そうならないかもしれない。元に戻れたとしても、私とお義父さんの関係は変わってしまうかもしれない。

ミコト様にはああ言ったけれど、ここに閉じこもって何も知らないふりをしておくのはとても魅力的なことだと思った。ここにいる限り、お義父さんに追いかけられることもないし、お義父さんがどんな状況で、これからどうなってしまうのかを知ることもない。

だけどやっぱり、それはきっとよくない選択だ。

「お母さん」

ぽつんと呟いた言葉は、そのまま蝉の声と鯉の跳ねる音に掻き消された。

お母さんなら、きっと迷わずに向き合っただろう。

私みたいに神様のお屋敷に逃げ込むこともなかったかもしれない。

とん、と鞠ちゃんが私の手に触れた。

擦り寄るようにころころと転がった鞠ちゃんが、弾みをつけてぽんぽんと移動していく。そして薄い水色の布が掛かった几帳へとボスボス体当たりしはじめる。

「……ミコト様」

「あ、いやその、たったまたま、ここを通ってその……」

たまたま、几帳を持って普段は来ない私の部屋近くまで来ていたのだ、とミコト様は慌てた様子で主張した。それから、寝転がっている私を覗き込むようにそっと側に近付いて座る。今日のお面は手拭いを縫って作ったタスキ風のものだ。斜めがけに顔を覆っている赤色の手拭いには、白色の糸で「本日の主役」と縫い付けてある。

ミコト様はしばらくもじもじと袖を揉んだりしていたけれど、やがて少し庭の方へと向きを変えて静かになった。しゅわしゅわと蝉の声で溢れる夏の庭は、濃い緑が太陽と影で強いコントラストを描いている。

ミコト様は、あれから何も言わない。物陰からじっと覗いていたり、食事のときにじっと見ていたりするけれど、何かを言うことはなかった。

きっと私がお願いすれば、お義父さんに会いに行くと言えば、ミコト様は今すぐにでもついてきてくれるだろう。でも、ミコト様は待っていてくれている。

なんとなく、ミコト様のそういうところがお母さんに似ている気がした。

お母さんも自分で決めなさいと私を見守ってくれていた。グズグズしてるとお尻を叩かれたけど。

今の私は、自分にできることをできるだけやっているだろうか。

紅梅さんが運んでくれた冷たい麦茶は、既に氷が溶けかけている。ずらした脚が床に落ちる勢いで起き上がると、麦茶を一気飲みして私は立ち上がった。ミコト様がぽかんとした顔をしている。

私はお母さんほど強くはないけれど、でも私はひとりじゃない。

ミコト様というものすごく心強い味方がいるのだ。なにせ神様だし。

「ミコト様、行きましょう」

ぱちぱちと瞬いたミコト様が、私を見上げながら目を細める。それからすっと立ち上がった。

「心を決めたのだな」

「はい。ミコト様、一緒に来てくれますか？」

「聞くまでもない。願うがよい、ルリよ。そなたの願いは、この私がすべて叶えてみせよう」

　差し出された手を握って、私は願った。


「……家に帰る？」

　大きなナガモチを開けて着物の陰干しをしていたすずめくんたちを見つけて声をかけると、めじろくんは巻物を抱きしめたまま顔を青くした。その後ろで、すずめくんも何かを書き付けていた筆をぽろりと落としている。

「うん。お義父さんの様子、見に行くことにしたの。あと登校日っていう高校に行かないといけない日があるから、準備もしたいし」

「ルリさま、高校はいらした日のお服と支度でいくのではないのですか？　お屋敷から行けばよいのでは？　足りないものはすずめに言って用意させますし」

「そうです！　すずめがなんでも取り寄せてみせます！　リコーダーでも体操服でもランドセルでも！」

「高校生はランドセルもリコーダーも使わないから」

　立ち上がっためじろくんとすずめくんがにじり寄ってくる。

「なぜ戻らねばならないのですか？　めじろはわかりません」

つんとした美少年顔のめじろくんが珍しく眉尻を下げてぐいぐいと迫ってくる。サラサラの黒髪をわしゃわしゃなでまわすと、抱えた巻物ごと抱き付いてきた。肋骨に当たってちょっと痛い。

先日のすずめくんと同じ反応である。すずめくんはといえば、私の隣にいたミコト様を「主様のばかばか引き止めてくださいよう」とぽこぽこ叩いていた。

「あのね、一旦帰るだけだから。ちゃんとお屋敷に戻ってくるから」

「……本当ですか？　うそをついたらめじろは許しません」

「すずめも絶対に絶対に許しません。呪います」

「呪わないで」

神様に仕えているすずめくんに呪われたら、シャレにならないような被害が出そうである。

「すずめもめじろも、そう案ずるでない。ルリはほんの少しだけ戻るだけだ。……そうであろう？」

「そうです」

なぜかミコト様までちょっと不安そうになって私を見た。私が頷くとその途端にパッと表情を明るくして、すずめくんたちに胸を張って頷く。

「うむ。心配はいらぬ。この私もついて行くのだから」

「主様が？」

「主様が！　余計に心配です!!」

「すずめよ……」

　めじろくんの怪訝そうな顔と、すずめくんのオブラートに包まない言い草にミコト様が若干ショックを受けた顔をしている。

「すずめも一緒に行きます！　めじろは留守居として、防犯に獅子と狛犬も連れていきましょう。梅らも少しは役に立つでしょうし、鞠も行きますか？」

「いや付いてこなくて大丈夫だから。かなり怪しい集団になるから」

「すずめだって主様に長らくお仕えしていますから、そこらの妖なんて目じゃありません！」

　遠足じゃないんだから、そんなにワイワイ集団で出かけるのも逆によくない気がする。断ってもすずめくんは聞き入れないつもりのようだ。とりあえず、やる気をアピールしてるつもりか跳ねまくっている鞠ちゃんはキャッチして大人しくさせた。すずめくんたちはまだ人間の姿だから何とかなるかもしれないけれど、勝手に跳ねる鞠は完全にアウトである。

「すずめは絶対についていきます！　行き先が例え地獄であろうとも絶対にお側を離

れません!!」

「地獄って……」

普通に家なんですけど。

「ルリさま、ご家族に関係してお辛い状況だったのはすずめも知っています。ぱっと片を付けてぱぱっとお屋敷に帰ってきましょう？　すずめもきっとお役に立ってみせますから」

「うん、ありがとうすずめくん」

ぎゅっと抱きしめ返すと、茶色い頭がぐりぐりと擦り寄って来た。すずめくんは小さいのに、しっかりしていてパワフルだ。見ていて元気を貰えるような子だから、ミコト様も私のお世話を頼んだのかもしれない。

「そうと決まれば準備をせねば。今日はもうじきに夕方ですし、決行は明日にしましょう。人目をはばかるならば朝の早いうちがよいでしょうし。ああそれとルリさまは取ってくるものを大まかに書き出しておいてくださいね。めじろ、大風呂敷も出して」

「すずめくんは本当に頼りになるよね」

「任せてください！　すずめが金輪際、現し世の未練を断ち切ってみせます！」

何か方向性が凄いとこにいってる。

おいてけぼりの私とミコト様をおいて、すずめくんとめじろくんはテキパキと準備を始めた。不満アピールとしてブルブルと振動していた鞠ちゃんは、帰ってから丸一日遊ぶと約束するとようやくおとなしくなった。


「カツ丼……朝から？」

「勝つ！　どーん！　です！」

カフェオレボウル的な小さい小鉢ではあるけれど、ほかほかと湯気を立てているのはどう見てもカツ丼だった。タスキを掛けたすずめくんが、私の前のお膳にもピンクのどんぶりを持ってきてグッと拳を握った。

ちなみに朝の五時である。

「縁起でもなんでも担がねば！　勝利あるのみ！」

「いや、勝利とかじゃないと思うけど」

「ルリさま、弱気はいけません！　さあさお上がりください」

「いただきまーす……」

同じく席に着いたミコト様の前にもカツ丼。大どんぶりである。

恐る恐る食べてみると、カツはあっさりチキンカツだった。柔らかいお肉とサクサクの衣、出汁と混ざった卵がつやつやのご飯に合う。朝五時にはこってりすぎる気もするけれど、応援してくれている気持ちが伝わってきて嬉しかった。

結局ぺろりと食べて、気合い十分で出掛けることになった。

「主様、ルリさまをどうぞお頼み申します。ルリさま、早《はや》のお戻りをお待ちしております」

「うむ」

「ルリさま、応援しているわ」

「ずっと応援しているわ」

「うん、めじろくん、紅梅さん白梅さん行ってきます」

私はTシャツにジーンズ、ミコト様はそれに帽子をかぶっていて、傷口にはガーゼを貼っている。すずめくんは半ズボン。母屋の入口で見送ってくれるめじろくんたちに手を振りながら私たちは出発した。

ミコト様が触れずに門を開けると、狛ちゃんと獅子ちゃんがこっちを向いておすわりしていた。石でできたくるんくるんの尻尾がフサフサ揺れている。出てきた私たちを囲んで躍るように回った。

私の手をぎゅっと握ったすずめくんが、私を挟んでミコト様に問いかける。

「主様、狛犬か獅子を連れていっては？　足も速いですし、気配に敏いので」

「うむ、では、狛犬」

口を閉じているほうの石像わんこ、狛ちゃんがミコト様の声に素早く反応しておすわりする。獅子ちゃんはごろんと寝転んでくねくねと身をよじっていた。お留守番が不満なのかもしれない。撫でると尻尾が動いて可愛い。

見るからに質感が石のわんこたちだけれど、躍動感にあふれていてぱっと見では犬みたいに見え……どうにか遠目に見ると何となく犬に……。

いや、無理。

「ミコト様、いくらなんでも狛ちゃんは連れて歩いたらアウトなのでは」

「ルリさまルリさま、狛犬と獅子は普通の人には真の姿は見えませんよ。現し世の者が見れば、各々それらしき犬の姿に見えるでしょう」

「えっ、真の姿ってこの石っぽいやつだよね？　私は見えてるけど？」

「ルリさまはルリさまですから！」

「なにそれわかんない」

とりあえず大丈夫らしい。

渡り廊下を通っておんぼろ社から出ると、外はむわりと暑かった。

まだ六時なので過ごしやすいくらいの筈だけれど、温度調節が完璧なお屋敷の暮らしからすると地球温暖化を感じた。すずめくんはそれでも私の手をしっかり握ってぴったりくっついている。

「ルリさま、参りましょう」

「うん。あっちの信号渡って、まっすぐ行って右だよ」

学生にとっては夏休みだけれどまだ早朝だし、住宅街なので人通りは少ない。

狛ちゃんが前を歩いてフンフンとあちこちを嗅ぎ回り、私とすずめくんがその後ろを歩いて、私の隣でミコト様がそわそわしながら歩いている。

横断歩道でお婆さんとすれ違ったけど、狛ちゃんを見ても「まあ大きなわんちゃんねえ」と微笑んだだけだった。動く石像な狛ちゃんは、すずめくんの言った通り普通の人には犬に見えているようだ。

狛ちゃんが尻尾を振り振り歩き、すずめくんは元気よく足を前に出し、私はすずめくんと繋いだ手をぶらぶら揺らされながら歩く。やや歩くのが遅いミコト様はあちこち見回しながら歩いていた。少し離れた距離を立ち止まって待つとミコト様がすまぬと足を早める。

「……やはり、あちこちに澱みが見られるな」

「主様はうんと長く引きこもっていらっしゃいましたからねえ！　普通なら神様がおわします場所がこれほど澱むこともないんですけどねえ！」

「す、すまぬ」

ストレートに引きこもりをディスられたミコト様は、ちょっと傷付いた顔をしてから、おもむろにパンパンと手を鳴らした。手が大きいからか、その音が静かな街によく響き渡る。

「うむ、これでよいだろう」

「さすが主様です！　もっと早くそうなさったらよかったのに！」

「わかった、すずめ、悪かったから」

すずめくんが今度は褒めはじめた。前を歩いていた狛ちゃんも、嬉しそうに尻尾を振って私たちの周りを回っている。

ミコト様を見ると、心なしか得意げな顔をして私をじっと見ていた。

「ルリよ、どうだ？　私とてこれくらいのことは朝飯前だ」

「今、何かやったんですか？」

ミコト様がものすごくドヤ顔になったのはわかるけれど、その他に変わったところは見られない。道路もいつも通りだし、天気も変わっていない。

今の手を叩いた動作が、何かをどうかしたのだろうか。

首を傾げるとすずめくんがえっと目を丸くした。

「ルリさま、わからないんですか⁈　主様の柏手ひとつでこんなに街が清められたのに！」

「ごめん、わかんない。澱みっていうのもわかんないし」

　全く違いがわからないけれど、街にあった澱みとやらがキレイになったらしい。街をぐるっと見回してみるけれど、特に変わったところもなさそうに見える。

　強いていうなら街がほんの少し明るくなったかな、という感じだけど、それは普通に日が昇ってきたからだと思う。

「あなや……少しは頼り甲斐のあるところを見せようとしたのに……見えぬとは……ルリにこそ、見てもらおうと……」

　ミコト様は私にいいとこを見せたかったらしく、それが失敗に終わってショックを受けてヨロヨロしている。溜息を吐いたすずめくんが私に向かってクイッと顎を動かした。なんとかしろと目が言っている。

「あの、よく見ると街が清らかになった気がします。ミコト様、すごいですね」

「……まことか」

「はい。えっと、さすが神様だなって。頼りになりますね。かっこいい。神様のパワーってすごい」

「そ、そうか。ルリもそう思うか、そうか」

　しおしおになっていたミコト様がもじもじしはじめて、それからにこーっと笑う。赤く染まった頬が嬉しそうだ。おだてに弱い神様である。

「その……これからもしばしばこうして清めるのもよいかもしれぬ。屋敷におれば気にならなかったが、ルリの育った街だからな。うむ。では行くか、ルリよ」

「はい、よろしくお願いします」

「任せるがよい」

ミコト様はにこにこしながら元気よく歩きはじめた。やる気が出たようで何よりである。


「あ、あそこの家です。黒っぽい屋根の」

「おお、あれがルリの……ふむ、義父上はいないようだな」

ミコト様の神社から十五分くらい歩くと、私の住んでいた家がある。

庭といえるスペースもほとんどないような、小さな区画の小さな中古の一戸建てだけれど、小学校の頃からずっと住んでいた思い出の多い家だ。ここに越してくる前のことは全然覚えていないので、私の人生のほとんど全部をここで過ごしている。ここしばらくはあまり帰りたいと思えてなかったけれど、それでも玄関をくぐるとほっとする、そんな場所だった。

そのはずなのに、それだけ馴染みのある場所だというのに、今こうして立って見てみると違和感がする。

「なんか……」

早朝の明るい夏の日だというのに、外から見ていても家全体が暗いように感じる。

違和感に戸惑っていると、すずめくんがギュッと手を握って顔を曇らせた。

「ルリさま、ここはとてもよくない場所になっていますよ。本当にここが住んでらした場所ですか？」

先程の街の様子はよくわからなかったのに、家がなんだかイヤな感じになっているのはわかってしまった。

ミコト様の御神力が込められているあの屋敷にいたからだろうか、家の回りがなんだか曇っているような気がする。神社に逃げ込んだ日にはそんなふうには全然思っていなかったのに。

「ルリさま、帰りませんか？　すずめはここが嫌です……」

困ったような顔で見上げてくるすずめくんが計画中止を提案してくるし、狛ちゃんは周囲を嗅ぎ回りながら時折ぐるるると唸っている。

ミコト様を見ると、家を眺めていた視線を戻してふむと唸った。

「先の清めで祓えなんだとは、よほど穢れておるな」

そんな妖怪屋敷に住んでいた自覚はないんだけど。

「あの、お義父さんのその……ああなったのが原因ですか？」

「おそらくは。これほどの所におればますます穢れる。悪しき気を纏えば更に澱みを呼び込む。そうして溜まりに溜まったのであろう」

悪循環がこの暗い雰囲気を作り出したらしい。さっきのお清めがなかったら、もっと暗いものだっただろうとミコト様は言った。

「ここも手を叩いてキレイにできないんですか？」

「無理にできぬこともないが、このままでやると中にあるものも壊れてしまうかもしれぬ。こういったところは、まず美しく整えて流れを戻すのがよいだろう」

物理的な汚れや散らかりが、澱みやすい状況を作るのだとミコト様が言う。

確かに私とお義父さんの二人暮らしになってから、掃除が行き届いていないところが色々ある。お義父さんも様子がおかしくなってからは、家のことができなくなっていたようだし、掃除をしなくてはいけないようだ。

どきどきしながら開けっ放しになっていた小さな門を通り、鍵を回して玄関のドアを開く。振り返ると、すずめくんと狛ちゃんが心配そうにこっちを見ていた。

「とりあえず軽く掃除して、荷物も取ってくるね。すずめくんと狛ちゃんはここで待っててていいよ」

「すずめはルリさまから離れません！」

本当に嫌そうなのに、すずめくんはしっかり私に抱き付いたまま離れようとはしなかった。狛ちゃんは座ったままこっちを見上げている。目が合うと、ゆらゆらと雲のような形の尻尾を揺らしてくるくると回ったあと、こちらを背におすわりした。ここで見張りをしてくれるつもりなのかもしれない。

「すぐ戻ってくるね」

狛ちゃんの後ろ姿に声をかけてから玄関に入ると、むっとこもった臭いがした。夏の閉じ込められた熱気に、なんとも言えない臭いが混ざっている。すずめくんがますます私にくっついた。ミコト様も眉を顰めている。

「ルリ、手早く荷をまとめるがよい。長居すると障るやもしれぬ」

「はい」

靴を脱いで、廊下を上がる。目的の部屋だけ急いで回るつもりだったのに、すぐに見えるダイニングキッチンが目に入って思わず足を止めた。

「なにこれ、」

泥棒でも入ったのかと思うくらい、全てがぐちゃぐちゃになっていた。

もともと、ピカピカに磨き上げていたわけじゃない。だけどちゃんと片付けはしてあったはずだった。なのに部屋には様々なものが散乱し、食べ物の腐った臭いもしている。ゴミもそうでないものも構わず床に落ちていて、ダイニングに置かれた椅子のひとつは倒されていた。キッチンの引き出しが落ちているところもある。

ミコト様のお屋敷に住ませてもらうようになって、そろそろ一ヶ月が見えてくるくらいの時間が経った。その間に嵐でも来たのかというくらい、知っている家とは違って見える。

今まで毎日見ていた場所が異様な状態になっているせいか、ぞっとするような光景に見えた。臭いが鼻に来たのか、うっと唸ってすずめくんが顔を伏せる。

「なんで」

ハッと気付いて、廊下の先にある仏間に入る。予想したようにそこも荒らされていて、思わず小さく悲鳴を上げた。

「お父さん！」

四畳半の小さな和室に作り付けられている仏壇を薙ぎ払ったかのように、位牌が転がっていた。お線香立てもロウソク立ても枯れた仏花の入った花瓶もなぎ倒された仏壇に、お母さんの位牌だけが立てられている。

私が赤ちゃんの頃に死んだらしい、実のお父さんの記憶はない。私の中でお父さんと言えば、この位牌と、薄いアルバムだけだった。畳に散らばった物を探ると、破られたそれを見つける。

「お父さんの写真、ぐちゃぐちゃになってる……」

写真屋さんで貰った紙のアルバムに入っている写真がそれごと引き裂かれ、へし折られている。破かれたものもある古い写真に、じわじわと涙が浮かんできた。

お父さんの写真はこれだけしかない。お屋敷に持っていこうと思っていたものだっただけに、悲しみが押し寄せてくる。

「ルリさま……フィルム、ぶじですよ」

「すずめくん！」

アルバムの最後に入っていたフィルムを見せてくれたすずめくんが、急にふらりと倒れ込んでくる。

きゅうと音を立てて、小さな男の子の姿からスズメに戻ってしまった。

「ミコト様、すずめくんが」

「澱みにあてられたのであろうな。ここは特に気が澱んでおる」

「大丈夫？　外に戻ってて」

手のひらに乗ったすずめくんを玄関まで戻そうとすると、ちゅん！　と鳴いたすずめくんが羽ばたきながら私の腕を伝って首元に留まった。いつもスズメの姿のときでもちゅかちゅかと元気に囀っていることが多いので、静かに黙っているということはここにいるのはあまりよくないのだろう。

手の甲で顔を拭って、位牌とフィルムを腕に抱える。

「すぐに出るから、もう少しだけ待っててね。ミコト様、行きましょう」

私の部屋は、階段を上がったところにある。

「う、」

二階に上がって自分の部屋のドアを開け、思わず口を押さえた。後ずさった体をミコト様が後ろで支えてくれなければ、尻餅をついていたかもしれない。

今まで嗅いだことのないような嫌な臭いが充満している。

うなじと髪の間に隠れたすずめくんを落とさないように気を付けながら、散らかった部屋を進んで窓を全開にする。緩やかに入ってくるのは夏の上がりかけた気温の風なのに、それがとても爽やかで新鮮な空気に感じるほどだった。

「うぇ……、気持ちわる」

教科書や文房具が散らかされているけれど、部屋の中に食べ物もないし溢れて汚れるようなものもない。下と比べても散らかっているのはともかく汚さはそれほどでもないようなのに、どこか薄暗く汚い。私がいない間に巨人がやって来てこの家を持ち上げ、泥水の中に放り込んでシェイクしたと言われても納得しそうな、部屋の中にヘドロが詰まっているようなそんな気がして鳥肌が立った。

車酔いのような気持ち悪さに口を覆うと、ミコト様が私の背中に手をあてた。

「ルリ」

ふわんとミコト様の声が響く。ミコト様の香りと共にふうと息を吹くような音が聞こえてきて、それと同時に首筋から背中にかけてがすっと涼しくなった。ミントのスプレーを吹きかけられたように気持ちよく体が冷えて、吐き気も消えている。

「ミコト様」

ゆっくりと背中を何度か撫でられていると、家に入ってから感じていた嫌な緊張が少しずつ消えていった。

ミコト様が何か神様パワー的なもので助けてくれたらしい。

見上げると、ミコト様が微笑んだ。優しくて、落ち着いた笑顔だ。

「ルリよ、案ずるな。そなたは私が守っておる」

「……ミコト様がすごく頼もしく見えます」

「そ、そ、それはよかった」

ミコト様は、ムズムズ口を動かしてからサッと手で顔を隠してしまった。でも今日は袖がないので、赤くなっている頬が隙間から見えている。

うむうむと何か言っているミコト様を置いて、首に寄り添っている小鳥をそっと手に乗せる。

「すずめくん、大丈夫？」

新鮮な風の入り込む窓際にそっとすずめくんを置くと、うずくまるようにサッシに座ったすずめくんが嘴を横にしてちゅんと鳴いた。するとが狛ちゃんがふわんと空気を足場にするように近付いてきた。ぐるぐると唸りながら、窓のすぐ近くをうろついている。

「ちょっと待っててね」

すずめくんが用意してくれた唐草模様の風呂敷ふたつに、必要なものを詰め込んでいく。教科書類とノート。電子辞書に学校関係の書類。重くなったそれを溢れないようにぐるっと巻きつけて、狛ちゃんの背中に乗せて首元で結ぶ。

もう一つの風呂敷には冬用のブレザーとスカートに体操服。お父さんとお母さんの位牌は、友達から貰ったフェイスタオルに包んでから入れる。お母さんがくれた冠婚葬祭用のジュエリーケースも入れて狛ちゃんに担いで貰った。

絶対になくせないものを入れ終えて部屋を見ると、あちこちに目につく物がある。小学生の時から使っていたペン立て。学校で注文したものじゃないのが嫌だと駄々をこねて、お母さんがキラキラするシールで可愛く飾ってくれたお裁縫セット。高校入学の時に相談しながら新しく買い替えたシーツとラグ。友達が作ってくれたバースデーボード。

大事なものなんてほとんどないと思っていたけれど、いざこの部屋に立って見てみると、心の中を全部引っ張られるような未練が残っている。

もう二度と来られないわけじゃない。お義父さんのことが上手くいったら、またここで暮らせるだろう。

でも、ダメだったらと考えると、全てが消えてしまうような感じがする。

今まで生きてきた大きな流れを断ち切るような、そんな恐ろしさと不安が吹き付けてくるように感じた。まだ何か忘れていないか、必要なものがないか探してみてはいるけれど、実際にはものじゃなく、どんなに汚れた状態でもこの部屋を離れがたいだけかもしれない。

何かないかと目線で部屋をかき回していると、すずめくんがヂュヂュヂュヂュ!!と声を出してぶつかるように私の肩に飛んでくる。羽をばたつかせたすずめくんを手で支えると、下の階から物音が聞こえてきた。窓枠に前脚を掛けた狛ちゃんが唸る。

玄関の鍵が開けられる音、それからビニール袋のガサガサと擦れる音。

それが聞こえてきた瞬間、咄嗟に私は部屋のドアに飛びついていた。驚いたすずめくんが飛び立つのにも気遣えずに、ドアの鍵を掛ける。その音が聞こえたのか、ドンドンと階段を上ってくる音が聞こえた。

「ミコト様!」

「ルリ、大丈夫だ」

近付いてくる乱暴な音にじっとしていられなくて隠れるようにミコト様の後ろに回

り込むと、ミコト様が落ち着いた様子でそう言った。それでも湧き上がる怖さは抑えられない。

「瑠璃、帰ってるのか！　出てきなさい！」

大きな声とともに、ドアノブを回す音と乱暴なノックの音が聞こえる。

息を呑んで、ドアから目を離してミコト様にしがみつく。部屋を回るように飛んでいたすずめくんが肩に止まった。

「パパ心配したんだよ。どこ行ってたんだ？　顔を見せなさい。おい、なんで鍵を掛けてる。開けなさい‼」

最後に顔を合わせたときも様子がおかしかったけれど、これほどじゃなかった。

猫なで声で説得するようなことを言ったと思ったら、いきなり激高したように激しくドアを叩かれる。異様な家の原因がこの人だと確信するくらい、その人は様子がおかしかった。呂律が少し回っていないように感じるし、動作も不安定なように聞こえる。泥酔しているのかもしれないけど、平日の午前中からそんなことをする人ではなかったので余計に異様だった。

「早く開けて安心させてくれ。大丈夫なのか？　どこか具合が悪いのか？　パパが見てあげるから鍵を開けて……さっさと開けろ‼　いい加減にしろよ！」

怒鳴り声に、反射的に体が竦む。滲んだ涙に気がついたのか、すずめくんがチチッと鳴くと、ミコト様がしがみついた私の手を自らのもので覆った。ミコト様の手は大きくて温かい。

「そこな者、ルリが怯えている。静かにせよ」

普段より低く、威厳のあるミコト様の声が響くと同時に、ドアの向こうから聞こえていた怒鳴り声もドアを叩く音もピタリと止まった。

ぐうう、と唸るような、呻くような声がわずかに聞こえてくる。

ミコト様は私の手をそっと解いて、それからドアへと近付いてあっさりと開けてしまった。見えた姿に一瞬窓の方へと逃げようとしたけれど、様子がおかしい。

ドアを開けた向こうにいたお義父さんは、うずくまって動かなかった。

「家が随分と澱んでおるからどうかと思えば……気構えることもなかったな」

お義父さんへと呟くように言ったミコト様は、くるりとこちらを向いて歩きながら安心させるように笑った。

「ルリ、よかったな。義父上は妖に取り憑かれているだけだ」

「え……ほんとですか」

「うむ。穢れてはおるが、さほど力のある妖ではない。上手く取り除けば気質も元に戻ろう」

「ほんとに」

頷きながら、ミコト様がポケットからハンカチを取り出した。そっと私の目元にそれを当ててから、すずめくんを自分の手へと移動させる。つぶらな瞳に向かって「辛いなら先に帰ってもよいぞ」と言うと、すずめくんがヂヂッと鳴きながらミコト様の指を嘴で挟んでいた。その姿はお屋敷にいるときと変わらず、どこも気負うところがない。すぐそこにいるお義父さんについて、少しも深刻に思っていないようだ。

「ルリも恐ろしいのであれば、先に屋敷へ帰っているか？」

「えっ、でも」

「お義父上には命の心配はないからな」

お義父さんが悪しきものそのものになったわけではないから、これが最後の別れというわけでもない。私は何もできないので、ここで帰ってもいいのだろうけれど。

「あの、アヤカシってどうやって剥がすんですか？　剥がしたらすぐ戻るんですか？」

「どう……というと難しいが、こう、べりっと」

「べりっと」

ミコト様が架空の何かを剥がすジェスチャーをした。

「うむ、随分しっかりと憑いておるから、人には少々酷かもしれぬな。まあ、長ければ三月《みつき》ほどは寝込むだろうが、じきに戻る」

「三ヶ月も寝込んだら大変じゃないですか！　病院に運んだほうがいいかも。ここで看病しても、新学期始まったら難しいし。ミコト様、お屋敷に運んで看病してもいいですか？」

「構わぬが、お義父上は普通の人間ゆえ、屋敷にいると変調をきたすおそれが」

「じゃあダメだ。えっていうかそれ私もダメなのでは？」

　今まで思う存分くつろいでおいてなんだけど、あそこ実はものすごいヤバい空間なのでは。神様が全部創ったお屋敷だし。自覚はないけれど、私も変調をきたしているのかもしれない。

　自分の体を確かめていると、ミコト様が慌てて「ルリは大丈夫だ。いくらいても大丈夫だから」と何度も頷きながら言ってきた。もしかして私は普通の人間じゃないから大丈夫という意味だろうか。それはそれで大丈夫じゃない。

「そ、それはまあ置いておいて、お義父上にできるだけ負担なく剥がすには、本人が妖を拒絶するのが一番だが……」

「本人が、ですか？」

「悪しきものは弱ったところにつけこみ、悲しみや怒りを増やす。するとますます辛くなり、耐えられずにどんどん心を小さく閉ざす。その分だけまた悪しきものがつけこむ隙を増やしてしまう。感情を支配し、行動も支配するようになる」

「じゃあ、お義父さんの今の状態は、妖に支配されてるってことですか」

「そうだ。本人が心を据えて弱さと向き合い、妖を拒絶すれば剥がれやすい。お義父上は随分と身体を妖に明け渡しているようだから自らそうするのは難しいかもしれぬが、ルリが話しかければあるいは届くやもしれぬ」

「やります」

「まあ無理せずとも私が……や、やるのか？　すぐに決めたなルリよ」

そんなにすぐに決めるとは思わなんだとミコト様が言う。私自身も、自分の返事の早さにちょっとびっくりしたくらいだ。

でも、ここまで来たのはお義父さんを助けたいと思ったからだ。

私がそう願って、ミコト様がそれを助けてくれてここにいる。ミコト様がいいと言ってくれても、私が逃げるのは違う気がする。

私の願いなのだから、できることはやりたい。

ミコト様に頷くと、ミコト様も頷いてくれた。すずめくんは羽繕いをしていた。

「今は暴れぬよう私の力で抑えているが、それではお義父上も抑えてしまう。会話をできるほどに緩めるが、本当によいのだな？」

「お願いします」

深呼吸を一度すると、それを待ってからミコト様が片手を上げた。すると動かなかったお義父さんが勢いよく顔を上げる。

その姿を見て、お義父さんに掛けようと思った言葉が喉で詰まった。

「瑠璃……」

這うように伸ばされた腕は、不自然に細い。痩せた指先の爪が伸びて、いびつに欠けていた。腕だけじゃなく、お義父さんの頬も痩けている。ヒゲの伸びた顔色は青白くクマもひどい。でも一番目立つのは目だった。

人間の目じゃない。

白目が見えないほどに真っ黒な、捉えどころのない目なのに、なぜかこちらを見ているのだとわかる。じっと見ているのが恐ろしくて咄嗟に顔を逸らしてしまった。

「ルリ」

無意識に強く握っていた手を温かいものが包む。

見上げると、ミコト様が心配そうに見ていた。手を緩めて握ると、大きい手が握り返してくれる。

そうだった。私にはミコト様がいる。

「……お義父さん」

前を向いて声を掛けると、痩せた腕がぴくりと動いた。

「瑠璃、こっちに来なさい。そんなモノと一緒にいてはいけない」

「お義父さん、元のお義父さんに戻って。アヤカシなんかに負けないで」

「どこにも行ってはいけない。早く来なさい。来るんだ!!」

フローリングを掻くように腕がこちらへ伸ばされる。アヤカシの目がじっと私を見ている。お義父さんの顔が、見たこともないような形相に歪んでいる。

ぐっとミコト様の手を握って、私は大きく息を吸った。

「お義父さん、……お母さんが死んじゃったの、悲しかったよね」


お母さんは明るくてパワフルな人だった。母子家庭ということを少しも気にすることなく私が育ってこられたのはお母さんのおかげだ。看護師で昼も夜もなく働いて小さい家を買い、家に帰れば家事をこなし、私が悩んでいる時はすぐに気が付いた。

忙しいお母さんを手伝おうと思って作った料理が失敗作だった時も、わしゃわしゃとほっぺや頭をかき回して褒めてくれた。

私に会わせたい人がいると言った時も、何ヶ月も私の様子を見ながら、何度も話をして気遣ってくれた。本当に嫌じゃないか、私の気持ちを一番に考えてくれた。

仕事中に倒れて病気が見つかった時も、お母さんは笑って過ごしていた。自分で手続きをすべてこなし、家中を片付けて、私が生きていく上で必要なことをノートに纏め、お葬式の算段まで自分でしてしまった。

お母さんがなんとかできなかったのは、四十九日も過ぎたのに高校生にもなって毎日泣きじゃくる私を笑わせることだけだった。

お義父さんは最期までお母さんのことを大事にしていて、できるだけ側にいてくれた。惜しんでくれて、悲しんでくれて、一緒に泣いてくれた。

棺に縋ってお母さんを呼ぶお義父さんを見て、お義父さんは本当にお母さんのことが大好きだったんだとわかった。一人だけじゃないんだと思えて、辛い気持ちが和らいだのを覚えている。

違和感に気付いたのは、それからしばらく経ったころだった。

お父さんの位牌の位置がいつもの場所から少しずれている。お母さんと再会できるようにとぴったりくっつけて置いていたのに、少し離れて斜めに置かれていた。手に取って戻そうとすると、お父さんの位牌にはまるで何かにぶつけたようなキズがたくさんついているのに気が付いた。

瑠璃ちゃんは本当にお母さんに似てるね。

ときどき言われると嬉しかったその言葉は、毎日呪文のように呟かれるようになってから好きではなくなった。似ているから、同じように死んでしまうかもしれないと言われたときは、その異様さに背筋が寒くなった。

信じたくなかったし、怖くて周りの人にも相談できなかった。

この状態を知られたら、お義父さんは、私は、どう思われるか。
毎日友達の家にお邪魔するのは気が引けるし、カフェに通い詰めるお金もない。
近所にボロボロの神社があると知ったのは偶然で、どこにも行き場がなかったから
そこで時間を潰した。薄暗くて、ぼろぼろで、誰も近寄らない場所だから。五円玉が
なくて一円玉を数枚入れて、手を合わせた。
見つかりませんように。
今日一日も無事に終わりますように。
この気持ちが終わりますように。
もしこの生活がこれからも続くなら、早めに死ねますように。そう強く願った。
息苦しくて、これからも続くと思うと何もかも嫌だった。大好きだったお母さんが
死んで、優しかったお義父さんもいなくなろうとしている。そうなったら私には誰も
いない。それが恐ろしくて逃げ出したかった。とにかく助かりたかった。方法はなん
でもよかった。
だからあの日、どうなってもいいやという気持ちでお社の中に入った。
「お母さんがいなくなって、すごく辛かったよね。私は友達がいたけど、お義父さん
は誰とも気持ちを分かち合えなかったんだね」

「瑠璃!!　はヤくコッチへ来いッ!!」

「気付かなくてごめんなさい。もっと早く気付いてたら、お義父さんもこんなに苦しまなかったかもしれない。逃げてごめんね」

「瑠璃ィ!!」

「ねえお義父さん、お義父さんまでいなくならないで」

おかしくなったお義父さんは怖かったけど、そうなる前には楽しい思い出もいっぱいあった。お母さんには内緒だよって笑って、二人で食べに行ったちょっと高級なレストラン。困った顔で誕生日プレゼントは何が欲しいか訊いてくれて、一緒に買いに行った。お母さんのために一緒にケーキを作った。お母さんが夜勤の日も、家でひとりぼっちじゃなくなった。私がおとうさんと初めて呼んだとき、目を赤くして何度も頷いていた。

「お義父さん、私、お母さんと同じくらい、お義父さんのことが大好きだよ」

「ヤ……めろ、やめロォ!!」

お義父さんが、苦しむように頭を抱えた。獣のような叫び声を上げたあと、よろよろと立ち上がる。

私の声が届いたのだろうか。近寄ろうとして、ハッと気が付いた。

お義父さんの目が変わっていない。

不自然に真っ黒な目が、私のことを憎しみのこもった目で睨みつけていた。いびつに欠けた爪がこちらを向いている。

「邪魔ヲするナ、目障リな女ァ‼」

掴まれる。

そう思ったのに、その腕は私に届かなかった。

「よくやった、ルリよ」

繋いでいた手が私を少し後ろに引っ張って、代わりにミコト様がお義父さんへと近付く。すずめくんが飛び立って私の頭に着地した。

「聞こえているか、ルリのお義父上。しばし苦しいが我慢するがよい」

「寄るなァ‼」

「静かにせよ」

ミコト様がぴしゃっと言って、それから手を伸ばした。

それほど素早い動きでもないのに、ミコト様の手に首元を押さえられたお義父さん、いやお義父さんの中にいるアヤカシが呻いて膝をつく。前屈みになったアヤカシのうなじあたりにもう片方の手をやると、ミコト様は見えない何かを剥がした。

べりっと。

「ギャアアアアアア‼」

聞いているだけで震えるような、まさに断末魔の叫びが家中に響いて、それからアヤカシもといお義父さんの体が床に倒れ込む。

それからはピクリとも動かなくなった。

「ルリよ、上手いこと取れたぞ」

州浜に置くベンチを作ったときと同じトーンでミコト様が微笑んだ。

その右手には何かが載っている。

「ミコト様、それがアヤカシですか？」

「そうだ。まあ、少しばかり力加減を間違えて、妖の性《さが》まで祓ってしまったが」

少しばかりというのは、ちょっと可愛すぎる表現な気がする。

ミコト様が持っているのは、黒くて丸いボールのようなものだ。アヤカシというより球体である。逢魔が時よりも算数の授業のほうが似合いそうなビジュアルだ。こういうの、教材で見た。

ミコト様がぽいっと手から落とした黒い球体は、バウンドもせずぽんと床で静止した。しばらくすると、それがしゅわしゅわと白くなり、透けるように薄くなって、最後にはなくなってしまった。

力加減、すごく間違ってないだろうか。

「……ミコト様、消えちゃいましたけど」

「う、うむ。まあ、あやかしは生き物ではないから、そのうちどこかでまた形をなすだろう、たぶん」

ミコト様はちょっと視線を泳がせて言った。

それをちょっと疑いの目で見てから、小さな呻き声にはっと我に帰る。

「お義父さん！」


一時的にダメージを受けて気を失っていたお義父さんは、私とミコト様で頑張ってお母さんたちの部屋のベッドに運び、それから小一時間ほどで目を覚ました。

「ルリ、ルリや、お義父上が目を覚ましたぞ」

お義父さんが起きるのを待っている間、私は少年姿に戻ったすずめくんと一緒に軽く家の片付けに取り掛かっていた。無限に散らかっているので、掃除までたどり着かずに家のゴミを半分ほどまとめるくらいしかできなかったけれど。今日がちょうど燃えるゴミの日でよかった。

ミコト様も手伝おうとしてくれていたけれど、なにぶん神様なので掃除をしたことがなく、すずめくんにジャマだ言われてしゅんとなりながらお義父さんの様子を見ていてくれたのだ。

「瑠璃ちゃん」

まだ体を起こせないお義父さんの顔を覗き込んでホッとした。

人間の目だ。目が、優しいお義父さんの目に変わっている。

「お義父さん、大丈夫？」

こげ茶の瞳が私を見上げて、それからゆっくりと目を瞑った。

「すまない……」

ミコト様は忘れているかもと言っていたけれど、お義父さんは今まで何があったのかを覚えているようだ。掠れた声には、深い後悔が滲んでいた。

なんて声をかけようか迷っていると、ミコト様が私の肩をそっと叩いた。

「ルリよ、我らは席を外すゆえ、二人でゆっくりと話すがよい」

「ミコト様」

「なに、もう大丈夫だ。お義父上も、ルリも。そうであろう？」

澄んだ黒い瞳が優しく細められた。

頷くと、ではな、とミコト様がすずめくんと部屋を出ていく。

静かになった部屋で、お義父さんと見つめ合う。

「……瑠璃ちゃん。本当に、本当にすまないことをした。ルリちゃんを守らないといけないのに、僕は」

「うん、怖かったよ、お義父さん」

私が返事をすると、お義父さんが顔を歪める。

すまない、と絞り出すように繰り返していた。

「お母さんだけじゃなく、お義父さんもいなくなるのかって怖かった。変になっていくお義父さんに何もできなかったのが怖かった。お母さんのときみたいに、いなくなるのを待つしかできないのかなって」

大事な人に何かが起こっているときに、何もできないのは辛いことだ。変化していくお義父さんを受け止めるほどの強さもなく、向き合うほどの勇気もなかった。怯えるしかできない無力な自分が悲しかった。

「でも、助けられてよかった。私ひとりの力じゃないけど」

ミコト様がいてくれて本当によかった。神様の力がなければアヤカシを剥がすこともできなかっただろうし、こうして向き合おうと思うこともできなかっただろう。

「あのね、お義父さん。……これからもお義父さんでいてくれる？」

痩せてしまった手に、そっと手を重ねる。お義父さんは目を見開いたあと、何度も何度も頷いてくれた。その目尻から涙が流れている。

ぎゅっと握り返してくれた手は、とても温かかった。

部屋を出て階段を降りたところで立ち止まる。家全体が散らかっているのに変わりはないけれど、入ったときに感じた気味の悪さはなくなっているような気がした。

そうなってみると、やっぱりここは家だ。お母さんと暮らした家。

とりあえず、ケガレもアヤカシもいなくなった。

ミコト様にこれからどうしようか訊こうと思って覗き込んだリビングは、しんと静まり返っていた。

「ミコト様？」

仏間を覗いても、ミコト様もすずめくんもいない。さっきお茶したときにキッチンで出したコップも、洗われて戸棚に片付けられていた。

静まり返った家には、ミコト様の声も気配もない。

もしかしてと思って玄関に走ると、すずめくんやミコト様が履いていた靴が消えてなくなっていた。

まるで最初からそこには何もなかったように。

「ミコト様っ」

靴をつっかけて玄関を飛び出す。

神社まで走ろうとして、私の勢いは一瞬で削がれた。

「あぁ……すずめよ……どうしよう……私は、私は」

「もうっうじうじと女々しい主様ですっ！」

家の門を出てすぐのところで、ミコト様がしゃがみこんで小さくなっていた。すずめくんが腰に手をやって、呆れた顔でそれを眺めている。小さな靴がたんたんと地面を叩いていた。

「ミコト様、すずめくん」

「ほら主様！　ルリさまがいらっしゃいましたよ！」

「る、ルリ……ルリ……」

ふらふら立ち上がったミコト様が、なぜだか泣きそうな顔をしている。泣きそうなほどびっくりしたのは私のほうだというのに。

「ミコト様、いなくなっちゃったのかと思いました」

「いなくならぬ……」

「でも、家にいなかったから」

神様だし、願いは叶えたぞ的な感じで消えたのかと思った。そう言うと、すずめくんにハンッと鼻で笑われた。どうやらそんなつもりは全くなかったらしい。

俯いたミコト様がぽつんと言う。

「その……ルリは、またここで暮らすのかと思って。なさぬ仲とはいえ、親子が共にあるならばそのほうが……よいだろうと」

しょんぼりした表情で背を丸めるミコト様は、なんだか怒られた犬のようだ。

一歩近付くと、ぎゅっと目を瞑ってじっと動かなくなった。聞きたくなさそうなその態度を気にせず、私は息を吸い込む。

「何言ってるんですか。帰りますよ、お屋敷に」

「えっ、な、なんと」

「ひどい、いつまででもいていいって言ってくれたのは嘘だったんですか？」

「いやっ！　嘘ではない！　な、泣かないでおくれ」

ひどいウソつきキズついたと非難しながら片手で顔を覆うと、ミコト様が両手をブンブン振りながら慌てはじめる。

当然嘘泣きである。すっと手を下ろすとミコト様はきょとんとしていた。

「お屋敷に帰ります。お義父さんは元に戻ったけど、やっぱりすぐ前みたいに戻れるわけじゃないから」

「ルリ……」

アヤカシのせいだとはわかったけれど、それでも閉じ込められそうになったり、大きな声で怒鳴られた怖さはすぐに消えない。

でも、それでもいい。

ほんの少しずつ、会って話をすれば、時間はかかってもまた仲良くなれる。

私とお義父さんはそのことを知っている。

「それに、この家すっごい汚いし。お義父さんに一人で綺麗にしてもらうことにしました。この真夏に家中大掃除って、結構なペナルティかなって」

「そ、そうか」

「それにもう荷造りもしちゃったし。……お母さんの位牌は家に置いていこうかな」

家を振り向くと、屋根の上から狛ちゃんがひょいひょいと降りてきた。その首には風呂敷が結ばれている。撫でると激しく揺れる尻尾を見ながら気付いたけど、流石に浮いているところを見られるとまずいのではないだろうか。思わず周囲を見回してしまった。もう通勤の人が家を出始める時間だ。

「ではその、ルリはその」

「ミコト様、私、ミコト様と一緒にお屋敷に帰ってもいいですか？」

お願い。

気持ちを込めてそう念じると、ミコト様は形のいい唇をへの字に曲げて頷いた。

顔に力が入って赤くなっている。

「よい、ルリ、よい。私とともに、帰ってくれ」

ミコト様は喉を震わせてから、そう絞り出した。

ふにゃふにゃになった顔で、ひとつの黒い瞳がきらきらと私を見る。

きらきらと。うるうると。

「あーっ、ルリさま、ミコト様泣かしたーっ」

「えっ私？　私なの？」

ぴょこっと割って入ってきたすずめくんがやーいやーいと囃し立てる。

まさか二度も神様を泣かすとは。慌ててポケットを探り、見つけたハンカチをミコト様に渡すと、ミコト様はうむうむと頷きながらそれを目に当てる。

私が泣かしたのではなく、ミコト様の涙腺が緩いだけだ。たぶん。きっとそう。

「ではでは一件落着ということで、帰りましょう！」

すずめくんが音頭をとりながら歩き始める。ミコト様がおずおずとした様子で手を差し出してきたので、私はそれに自分の手を重ねた。

ふりふり動く狛ちゃんの尻尾を見ながら、神社への道を戻る。

振り向いた先にある家は、夏の日差しに眩しく照らされていた。

おんぼろ社のきらきら神様

結局、アヤカシをべりっと剥がしたお義父さんは、ミコト様が言っていた通り寝込むことになってしまった。けれどそれはアヤカシが憑いていた間の不摂生が主な原因で、滋養のあるものを食べて一週間ほど養生すれば回復する、らしい。

お義父さんは現状一人暮らしなので毎日看病に行こうと思っていたら、すずめくんとめじろくんがしがみついてきた。

私があの家でそのまま暮らし始めるのではと警戒しているらしい。

結局、蝋梅さんに食品を届けがてら様子を見てもらうことになり、私は週二回くらい顔を出すお許しをもらった。毎日メールはしているので、今はそれくらいの距離があるほうがいいのかもしれない。

このお屋敷にいることについては、お義父さんには「ものすごく親切にしてくれるエライ人が、広い家で部屋を持て余しているらしいのでお邪魔している」とかなりマイルドに説明している。そのうち元気になったら挨拶に来ると言っているけれど、どう話すべきかがちょっと悩みどころだ。

「ルリ、おはよう」

「おはようございます、ミコト様」

「うむうむ、今日も元気そうだな」

廊下からちらちら見えていたミコト様が、台所の中に入ってきた。

今日はミニサイズのおかめ面で傷を隠している。私のメイク用品を使って色を付けたので、どことなく現代風のおかめだ。使っていないつけまつげが大活躍した。

「よい匂いだな。私も手伝ってよいか？」

「お願いします」

私はここ数日、簡単な煮物や常備菜を作りはじめた。お義父さんへの差し入れがスーパーのお惣菜やレトルトだけにならないためである。このお屋敷で出る絶品料理には程遠いレベルなのでくじけそうになったりするけれど、ミコト様も不慣れながら手伝ってくれるので続いていた。

「ルリよ、飾り切りができたぞ」

「ありがとうございます。ミコト様、こういうの上手ですよね。州浜の小物もすごく細かく作るし」

「うむ、細々した作業はよい。今まで料理はしたことがなかったが、やってみると楽しいな。ルリがいたからこそ知れた楽しみだ」

にこっと笑うミコト様の顔の左半分、おかめ面の下には分厚いガーゼがあてられている。はみ出て見えているそこに、少し血が滲んでいるのが見えた。

「ミコト様、あとは煮込むだけですから紅梅さんたちに頼んでおいて、ガーゼ替えましょう」

「う、うむ、そうか。ではそうするか」

エプロンを脱いで、ミコト様の部屋へと移動する。何も言わずとも座布団の横に救急箱が置かれているあたり、めじろくんの気遣いは今日も絶好調だ。

座って恥ずかしそうに視線を彷徨わせているミコト様からお面をとって、メディカルテープをそっと剥がした。

「痛いですか？」

「さほどは」

傷口は、痛々しく赤い部分が前よりも増えてしまった。

すずめくんによると、「何百年ぶりに街を清めたり悪いものを祓ったり、引きこもりがいきなり無理しすぎた」から悪化したらしい。ミコト様の傷は物理的に怪我をしてできたものではないので、治るのも悪化するのも一般的な治療では意味がない。

ミコト様は否定するけれど、明らかに私のせいで悪化してしまった傷だ。

「ごめんなさい」

そっと薬を塗りながら言うと、ミコト様が苦笑した。

「気にせずともよい。……というのは何度も言うたが、それでは気が済まぬものだとすずめが言うておってな」

「はい」

確かに、気にするなといわれてハイと切り替えられるようなら、最初から気にしてない。傷の痛みと同じ重さの何かがあるかはわからないけれど、お詫びに何かできるのであればしてあげたいと思う。

頷いて先を促したけれど、ミコト様は黙ってしまった。

新しいガーゼを貼り替え終わっても、じっとしている。全然動かないけど顔色だけはじわじわと赤くなって、最終的にゆでダコみたいになってしまった。

耳までまっかっかなミコト様越しに、離れた場所にある几帳が見える。

やたらと膨らんでいて、影がいびつになった几帳である。掛けてある布が時々もこもこと動いているけれど、隠れているつもりらしい。そこから聞こえてきた「主様、しっかり！」という声に励まされたように、ミコト様が勢いよく喋り出した。

「そのぅ……そのっ……」

「はい」

「せっ!!　責任を！　とって、もらおうとっ！　せ、責任、責任を……」

すぐに失速したけど。

「責任ですか」

「う、う、うむ」

「いいですけど、具体的にはどんな感じでとればいいんですか？」

「うぅっ⁈」

なんで自分から提案したのに驚いているんだろうか。はわわと慌てているミコト様はもうこれ以上ないほど赤い。

これほどはわわが似合う成人男性もいないだろう。さすが神様だ。

「それはその……そのあの」

懐から取り出した懐紙で汗を拭きつつしどろもどろになるミコト様の後ろで、もう姿を隠す気もないのかすずめくんやめじろくん、白梅さん紅梅さんがこっちを見ながら応援していた。「主様、男を見せて！」とか「一世一代のちゃんすねえ」だとか言っている。

もし私がミコト様の立場だと、あんな応援は逆に恥ずかしいのでやめてほしい。でもミコト様はいっぱいいっぱいらしく、やんやと騒ぐすずめくんたちも気にならないようだ。

何度も深呼吸をして、ミコト様は私と膝を突き合わせた。

「その、ル、ルリよ。……わ、わた、私と」

「はい」

「わたしと、でぇと、してほしいっ！」

「は？」

ぎゅっと目を瞑ったミコト様の言葉に拍子抜けしてしまった。

几帳の向こうの応援組も漫画のようにズコーッとコケている。

「デート、ですか？」

「う、う、うむ……、その、現し世でその、ふわふわのぱんけえきをな、共に食べたり……してみたい。ルリと」

「いいですけど」

「ま、まことか！　そ、それと、他にも、水族館や、ゆ、遊園地にも！」

最近タブレットで電子書籍を読みふけっていると思ったら、ミコト様は現代のデートスポットの知識を入手していたようだ。

私が頷くと、ミコト様は真っ赤な顔のまま、ぱっと笑った。

本当に嬉しそうに笑うので、周囲が明るくなった気がした。

縁側の向こうに見えている庭の花もなんだか増えたようにみえる。

「そんなことでいいんですか」

「そんなこと、ではない。私にとってはとても嬉しいことだ」

「責任とれって言うから、結婚しろとか言われるのかと思いました」

「ふぐンッ!!」

にこにこしていたミコト様が勢いよく噎せた。かなり苦しんでいるので申し訳なくなったけれど、几帳の向こう組もウンウン頷いている。

「そ……！　そ、そのようなことは、そんな、罪滅ぼしのようにするものではない！　も、も、もしも、そうなるとしても、その、お互いを想うてこそ、昇りたる満月の宵などに」

ミコト様がものすごい勢いでもじもじ出したので、袖の生地が心配になるくらいだった。ロマンチストのミコト様には理想のシチュエーションがあるらしい。

「そ、それに、ルリ、ルリはここにいてくれるのであろう？」

「はい、今夏休みだから……新学期始まっても、頻繁に来ようと思います」

流石に学校始まっても家に帰らないのはどうかと思ったけれど、ミコト様の目が若干潤んだので訂正しておいた。

「なればそう、なにも急く必要などない。ルリが楽しくあれば私は嬉しいし、そ、そのうち、その……妹背となるやも」

一瞬芋が頭の中に思い浮かんだけれど、ミコト様の照れ具合からするとなんか恋人とか結婚とかそんな意味だろう。

「そうですか」

「そうだ。もちろんルリが私を慕うてくれればこの上ないが、無理強いしたいわけではない。ルリが幸せに暮らしているだけで私は充分に幸せであるし、ルリが何かを願うならばそれを叶えていきたいのだ。これからも」

目を細めて笑う姿は、神様というだけあって神々しささえ感じるほどだった。

冷静に考えると凄い告白をしているのだけれど、てれてれと笑っているミコト様には自覚がないのかもしれない。

つられてちょっと照れたけど、沸き立つすずめくんたちが見えて冷静になった。

「そういうわけだ、だからそう、ルリは気兼ねなく、何でも私に願うとよい。我儘も沢山聞いてみたい」

「……ミコト様、割と貢ぎ体質ですね。そのうち後悔しますよ」

「うむうむ、楽しみだな」

にこにこと笑うミコト様に、なぜか主導権を握られていた。

なんかこう、お釈迦様の手の上の孫悟空の気持ちと言うか、器が大きすぎて水平線が見えそうというか。

さっきまでもじもじしながら真っ赤になって噎せていたというのに。

もじもじ乙女なミコト様もいいけれど、こうやってどっしり構えているミコト様はちょっとかっこいい、かもしれない。

「さすが神様ですね」

「うむ」

「じゃあ早速、お願いします」

ミコト様の手を取って念じる。

神様。最初のデートは、海がいいです。

私の願い事を受け取った神様が、嬉しそうにうなずいた。


【了】

こっち向いて、神様
おんぼろ社の大豪邸

2019年12月5日　初版第一刷発行

著　者　　夏野夜子
発行人　　長谷川　洋
発行・発売　株式会社一二三書房
〒101-0003
東京都千代田区一ツ橋2-4-3 光文恒産ビル
03-3265-1881
http://www.hifumi.co.jp/books/

印刷所　　中央精版印刷株式会社

ISBN 978-4-89199-605-5